Undichtheiten

Roland Lemp

Undichtheiten

Bibliografische Information der Deutschen Nationalbibliothek:
Die Deutsche Nationalbibliothek verzeichnet diese Publikation in der
Deutschen Nationalbibliografie; detaillierte bibliografische Daten sind im
Internet über
< http://dnb.d-nb.de > abrufbar.

Satz, Umschlaggestaltung, Herstellung und Verlag: Books on Demand
GmbH, Norderstedt
ISBN: 978-3-8334-7996-0

Inhalt

Undichtheiten

Eigentlich bin ich von Grund aus ein ehrlicher und anständiger Mensch, der in einem mittelländischen Dorf zwischen Olten und Langenthal wohnt, arbeitet, Steuern bezahlt, zur Abstimmung fährt, in die Dorfbeiz geht und ab und zu auch noch daheim sein Unwesen treibt. Ich habe das Gefühl, recht aufgeschlossen zu sein und eine halbwegs normale Schul- und Allgemeinbildung zu haben. Vor Jahren einmal habe ich Sanitärinstallateur gelernt, und heute bin ich für viele Leute ganz einfach der »Leiterli-Installatör«. Dies deshalb, weil ich Tag und Nacht, an Werktagen und an Wochenenden – und sogar in den Ferien – meine bekannte Bockleiter auf dem Autodach mitführe und so eigentlich für jede Situation im Leben gerüstet bin. Und trotzdem gibt es in meinem Leben immer mehr Situationen, denen ich anscheinend ausweglos ausgeliefert bin. Es sind nicht diese Momente, wo fachliches Geschick gefragt ist, nein, es sind Momente des täglichen Lebens, wo ich mich dann jeweils laut und deutlich Frage:»Ist dies wirklich menschenmöglich?« Ich weiss nicht, woran das liegt, aber es muss eine Mischung aus Charakter, Vernunft und Erziehung sein, welche dieses Gefühl in mir hochkommen lässt.

Dabei meine ich nicht diese»Scheiss-Situation« auf der Toilette, nachdem ich mein Geschäft verrichtet habe und kein Toilettenpapier vorfinde. Dieses Problem ist zwar sehr ärgerlich, aber durchaus beherrschbar. Nein, es sind Vorkommnisse, Erfahrungen, Einsichten und Ängste grösseren Ausmasses, die in mir herumwuchern.

Das Ganze kommt mir manchmal vor wie ein grosses Leitungssystem, das an vielen Stellen undicht ist. Die verschiedenen

Leitungen sind zwar noch nicht auseinandergebrochen, aber sie tropfen stark. Da ich vor über vierzig Jahren in eine Installatör-Familie hineingeboren wurde, bin ich natürlich auf solche Undichtheiten sensibilisiert. Schon früh in meinem Leben wurde mir klar gemacht, dass man solche Systeme reparieren muss und dass man dabei auch noch Geld verdienen kann. Also etwas gar nicht so Schlimmes. Und doch, eine Undichtheit kann sehr gefährlich und zerstörerisch sein. Ist eine Wasser- oder Gasleitung undicht, muss sofort gehandelt werden, ansonsten droht innert kürzester Zeit Totalschaden an Mobiliar, an Gebäuden oder auch an Lebewesen.

Aber da gibt es scheinbar auch noch ganz andere Undichtheiten in unserem Leben, welche nicht immer sofort sichtbar sind und die im Versteckten ihr Unwesen treiben. Die Zerstörung, welche von dieser Art Undichtheit ausgeht, ist aber noch viel schlimmer. Ach, was soll›s?

Alles im grünen Bereich!?

Ich kann ja eigentlich froh sein, dass mein Wasserbett, in dem ich liege, keine Undichtheit hat, sonst wäre ich jetzt bestimmt klatschnass! Genau gesagt ist es auch nicht mein Wasserbett, sondern das Wasserbett meiner Lebenspartnerin. Es ist kurz nach fünf Uhr morgens. Ich starre in die Dunkelheit, die durch die Leuchtziffern der Zeitanzeige meines Radioweckers leicht grünlich gefärbt ist. Durch das einen Spalt weit geöffnete Schlafzimmerfenster nehme ich wieder dieses vertraute Geräusch aus der Nachbarschaft wahr, das mich jeden Morgen beim Aufwachen begleitet. Es ist das Geräusch eines Pallettrollis, der von einem LKW-Fahrer über die Ladefläche seines Lastwagens gezogen wird. Das dumpfe Rumpeln bewirkt, dass sich nun auch mein Hirn vollends einschaltet und so meine ersten Gedanken an diesem noch jungen Tag produziert.

Es handelt sich dabei um ganz einfache Gedanken, die absolut keine Emotionen in mir hochkommen lassen.

Heute ist bestimmt nicht Sonntag! Ist es ein Fahrer oder eine Fahrerin? Wie ist das Wetter? Zu jeder dieser Fragen versuche ich eine passende Antwort zu finden. Danach bereite ich mich seelisch und moralisch auf den bevorstehenden Tag vor. Wie spät ist es eigentlich genau?

Da! Mit der Genauigkeit eines Schweizer Uhrwerkes beginnt mein in China hergestellter Radiowecker sein Programm! Unüberhörbar stelle ich nun fest, dass es sechs Uhr ist und soeben die Morgennachrichten begonnen haben.

Schlagartig werde ich aus dem eingebauten Drei-Watt-Lautsprecher des Radioweckers mit Informationen bombardiert, die nun

9

mein Gehirn – wie gross oder wie klein es auch sein mag – vollends auf Tag umschalten lässt.

Was mir heute Morgen beim Zuhören auffällt, sind die zahlreichen Versprecher der Moderatoren und die Probleme beim Einspielen der Hintergrundberichte.

Trotz modernster Technik und dem Verweis darauf, dass das Gehörte auch im MP3-Format vom Internet »heruntergeladen« werden kann, bemerke ich als »aufgeweckter« Zuhörer unschwer, dass die Sendung nicht in geordneten Bahnen verläuft und von Menschen gemacht ist.

Das Ganze ist irgendwie amüsant! Ein leichtes, schadenfreudiges Schmunzeln macht sich auf meinem Gesicht breit.

Es geht mir gut! Ich spüre die frische Luft an meinem Gesicht und geniesse jede mir noch verbleibende Sekunde unter der warmen Bettdecke, weil ich mir ja bewusst bin, dass ich in ein paar Minuten aufzustehen habe.

Dies, um rechtzeitig am Arbeitsplatz zu erscheinen, um Geld zu verdienen und um meinen Verpflichtungen nachkommen zu können, damit ich von unserer Leistungsgesellschaft akzeptiert werde.

Das muss so sein, hat man mir einmal gesagt!

Doch dann: Mit dem Ausdruck »Swissair-Prozess«, welcher ohne ein Stottern des Nachrichtensprechers durch meine Ohrmuscheln in mein Inneres gelangt, ist es passiert!

Sofort werden in mir die Erinnerungen an diesen schwarzen Tag wachgerüttelt, an dem unser ganzer Nationalstolz am Boden geblieben ist und damit auch ein nicht zu unterschätzender Teil der Werte, an denen sich ein grosser Teil von uns Schweizerinnen und Schweizern über Jahrzehnte festgehalten hat. Werte, die uns ein Gefühl von Heimat, Zusammengehörigkeit, Sicherheit und Geborgenheit gegeben haben. Kurz und bündig: Werte, welche heute mit den Füssen getreten werden, die in keinem Management-Kurs mehr vorkommen und die man nur noch von den »Alten« und ihren »guten alten Zeiten« her kennt. Wenn überhaupt noch!

Das gute Gefühl, welches ich noch vor fünf Minuten hatte, hat sich wie ein billiges Deodorant verflüchtigt.

Ich versuche meine Gedanken in eine andere Richtung zu lenken, um der drohenden Ohnmacht, die in solchen Momenten über mich kommt, auszuweichen. Das erweist sich jedoch heute Morgen als sehr schwierig!

Weshalb mache ich mir eigentlich solche Gedanken? Diese Sachen betreffen mich ja gar nicht! Mir kann es ja absolut egal sein, was in solchen Momenten mit anderen Leuten passiert, welche Schicksale und Tragödien dahinterstecken und wie viel Geld, Kraft und Energie dabei vernichtet wird.

Es kann mir ja auch egal sein, wenn vor lauter Luftverschmutzung die Pflanzen und Bäume meines Nachbarn zu Grunde gehen, wenn nur die Pflanzen in meinem Garten verschont bleiben!

Spielt es eine Rolle, wenn in den Ländern der Dritten Welt nicht genügend Trinkwasser vorhanden ist?

Krieg? Geht mich doch nichts an, solange er sich nicht in unserer Gegend aufhält.

Macht sich da etwa Resignation in mir breit? Werde ich gleichgültig? Bin ich ein Egoist?

Nein, das glaube ich nicht. Oder zumindest bin ich es mir, falls es so sein sollte, noch nicht bewusst.

In weiter Ferne höre ich das Motorrad des Zeitungsverträgers, der mir jeden Morgen die Zeitung in den Briefkasten legt. Ja genau, Sie haben richtig gelesen, in den Briefkasten legt! Diese Person, ich weiss nicht einmal, ob Männlein oder Weiblein, hat also jeden Tag aufs Neue den Elan, mir ein einwandfreies Produkt zu liefern. Was ist nur die treibende Kraft, um bei jedem Wetter in den frühen Morgenstunden solche Leistungen zu vollbringen? Ist es etwa das grosse Geld? Bestimmt nicht! Vielmehr ist es der Zwang, Geld verdienen zu müssen, um überleben zu können, oder einen Zusatzverdienst zu haben, damit er oder sie sich irgendetwas Aussergewöhnliches anschaffen kann. Und zwar erst dann, wenn auch noch die Sozialleistungen abgezogen und die Steuern bezahlt worden sind.

Ein Einzelfall? Nein, knallharte Realität! Zehntausende von Haushalten in der Schweiz sind darauf angewiesen, einem Zweitverdienst nachzugehen, um überhaupt überleben zu können.

Nicht das Auto, nicht die Kleider und auch nicht das Mobiltelefon sind daran schuld – nein, schlicht und einfach ein zu kleiner Lohn für die während acht Stunden am Tag geleistete Arbeit dieser Leute.

Und da gibt es doch tatsächlich Unternehmer, Politiker und Wirtschaftsexperten, welche sich getrauen, während der besten Sendezeiten im Fernsehen darüber zu diskutieren, ob ein Mindestlohn von dreitausend Franken pro Monat angemessen ist.

Dabei ist ein Grossteil genau dieser Personen scheinbar nicht in der Lage, trotz breiter Abstützung in der Bevölkerung, innerhalb nützlicher Frist ein akzeptables Gesetz für das Halten von Kampfhunden zu erlassen.

Diesen schützenswerten Kreaturen darf man doch keinen Maulkorb anlegen und man darf sie doch auch nicht an die Leine nehmen – nein, das gehört sich nicht und das kommt so bestimmt nicht in Frage!

Die Nachrichten sind längst vorbei. Aus dem Radio ertönt »Waterloo« von ABBA, und ich muss jetzt wohl oder übel meinen Hintern von der Matratze heben und aufstehen.

Das Aufstehen bereitet mir eigentlich keine Mühe, ausser wenn ich sehr spät zu Bett gegangen bin oder wenn die vergangene Nacht eine Vollmondnacht war.

Ich bin auch am heutigen Tag davon überzeugt, zusammen mit meinen Mitarbeitern etwas Sinnvolles zur Steigerung des Bruttosozialprodukts in unserem Land beitragen zu können.

Als Sanitärinstallatör bin ich schliesslich auserwählt, schöne neue Badezimmer bauen zu dürfen, interessante Reparaturen ausführen zu können und manchmal sogar »prallgefüllte« WC-Anlagen entstopfen zu müssen.

Und zu guter Letzt wird man als Sanitärinstallatör auch noch steinreich dabei! Oder etwa doch nicht? Wie ein Blitz aus heiterem Himmel sehe ich meine letzte Zahnarztrechnung vor mir. Trotz der kühlen Luft im Schlafzimmer spüre ich, wie sich auf meiner Stirn Schweissperlen bilden.

Ich hatte doch tatsächlich bei meiner letzten, jährlichen Zahnkontrolle ein Loch im Zahn, das eine Wurzelbehandlung notwendig machte.

Der Eingriff verlief ohne nennenswerte Probleme, und so verliess ich nach knapp einer Stunde mit einem von der Spritze betäubten und geschwollenen Mund die Zahnarztpraxis.

Zehn Tage später erhielt ich die Rechnung über sechshundert Franken, zahlbar rein netto innert dreissig Tagen.

Bei meinem derzeitigen Stundenlohn als Sanitärinstallatör muss ich also für die Reparatur dieses einen Zahnes genau sechzehn Stunden oder zwei Tage lang arbeiten.

Unweigerlich denke ich nun an die Verkäuferin, die in dem Geschäft arbeitet, von wo ich allmorgendlich dieses Rumpeln auf der Ladefläche wahrnehme.

Sie, welche mich stets mit einem Lächeln bedient, müsste für diesen einen Zahn beinahe eine Woche zur Arbeit fahren.

Mit meinen Augen, meiner Schulbildung und meinem gesunden Menschenverstand erkenne ich in solchen Momenten deutlich, dass hier etwas nicht stimmen kann.

Nein, es ist nicht die Zahnarztrechnung als solche, die nicht stimmt. Die Rechnung habe ich nämlich mit meinem Taschenrechner nachgerechnet und kontrolliert, so weit man dies als Laie tun kann.

Die Unstimmigkeit muss also im Verhältnis zwischen dem durchschnittlichen Einkommen der arbeitenden Bevölkerung und den Kosten für einzelne Leistungen gesucht werden.

Was heisst da gesucht werden? Man muss nur mit offenen Augen durchs Leben laufen, damit man sie problemlos entdecken kann.

Schnell zurück zur Zahnarztrechnung und damit zum Gesundheitswesen! Da gibt es Bezeichnungen wie Spitzenmedizin, Mikrochirurgie, Privatklinik und so weiter, die förmlich nach Geld lechzen und dieses auch dementsprechend konsumieren – da interessiert es niemanden, ob der Durchschnittsverdiener am Ende des Monats ein Riesenproblem mit dem Bezahlen der Krankenkassenrechnung hat oder nicht!

Ich will an dieser Stelle niemandem zu nahe treten, aber solange das Geld mit beiden Händen ausgegeben wird und sich niemand dafür einsetzt, dass ein schwer kranker Mensch nicht als Versuchskaninchen endet, sondern einfach nur in Würde sterben kann, ändert sich gar nichts.

Aber es gibt zum guten Glück ja auch Lichtblicke, wenn auch nur ganz kleine und unscheinbare. Mein Hausarzt zum Beispiel ist einer von dieser Sorte Arzt, der schon seit langer Zeit Generika-Medikamente verschreibt – und stellen Sie sich vor, ich lebe immer noch!

Mit einem gewaltigen Ruck stehe ich neben meinem Bett und ziehe mir die Kleider über. Ich komme mit dem Anziehen zügig voran, schalte dann noch meinen Wecker aus, schliesse das Schlafzimmerfenster und betrete nun den öffentlichen Raum unserer Vierzimmerwohnung.

Doch bereits nach der ersten Kurve – STAU! Im Badezimmer macht sich Jung und Alt für den bevorstehenden Arbeitstag bereit. Da wird überall Make-up montiert, da wird Lidschatten aufgetragen und da werden die Ausblasventile der Haarspraydosen und der Deodorants aufs Äusserste beansprucht. Man gibt mir klar zu spüren, dass ich jetzt im Moment überhaupt nichts im Badezimmer verloren habe. Mit einem leichten Reiz in meinen Atemwegen nehme ich also Kurs Richtung Küche. Ich versuche unserem neuen Kaffeeautomaten einen ganz gewöhnlichen Kaffee zu entlocken. Fehlalarm! Eine rote Lampe leuchtet und signalisiert mir, dass es nun an der Zeit ist, den Wassertank zu füllen und den Satzbehälter zu leeren.

Nachdem ich nun also den Wassertank aufgefüllt habe, stelle ich fest, dass der Satzbehälter leer ist. Doch die rote Lampe leuchtet immer noch. Ich werde ungeduldig und ziehe den Behälter ein weiteres Mal kurz heraus und drücke ihn danach wieder vollständig in die Verankerung zurück. Und siehe da, die Lampe leuchtet immer noch! Krampfhaft drücke ich auf die Kaffeetaste. Keine Bewegung, kein Geräusch, nichts!»Scheiss-Automat!« Sie glauben gar nicht, was dieses Wort jetzt gerade in mir ausgelöst hat. Mit zügigem Schritt geht es Richtung Toilette, wo ich mich in diesem Moment am wohlsten fühle. Aber der Gedanke an einen heissen Kaffee lässt mich auch hier nicht los.

Zurück in der Küche ziehe ich die Betriebsanleitung der Kaffeemaschine, die in sieben Sprachen abgefasst ist, aus der Schublade und beginne mich mit der Materie von roten Lampen auseinanderzusetzen.

Doch plötzlich höre ich ein Geräusch auf der Treppe und schon steht eine perfekt gestylte Frau vor mir.»Was machst du da?«, fragt sie mich mit noch leiser Stimme. Ich erkläre ihr mein Problem, dann geht sie zur Maschine, zieht den Satzbehälter heraus und hält den leeren Behälter für etwa zwanzig Sekunden in ihren Händen. Dann schiebt sie ihn wieder in die Maschine und kurze Zeit später steht ein heiss gebrühter Kaffee vor mir auf dem Tisch.

Was würden wir gestandene Männer ohne unsere Frauen machen? Manchmal einen ganz schlechten Eindruck!»Du musst den Behälter für etwa zwanzig Sekunden komplett aus der Maschine entfernen, denn die Maschine ist so programmiert, dass sie weiss, dass der Satzbehälter nicht in fünf Sekunden sauber geleert werden kann.« Ihre freundliche Erklärung hört sich fast so wie eine Art Triumph-Rede an. Aber wo Frau recht hat, hat sie recht!

Der Kaffee tut mir gut – ich geniesse jeden Schluck und spüre förmlich, wie sich meine Leistungskurve langsam, aber stetig nach oben biegt. Ich bemerke, dass sich meine Gedanken nun allmählich in Richtung Geschäft verschieben, und ich überlege, was heute so alles auf dem Programm steht. Es gibt viel zu erledigen, denn unsere Auftragsbücher sind recht gut gefüllt.

So mache ich mich also auf den Weg ins Geschäft. Ich ziehe meine Schuhe und meine Jacke an und verabschiede mich von meinen Liebsten. Draussen ist es noch dunkel. Der wolkenlose Himmel ermöglicht mir einen Blick zu den Sternen und zu den Flugzeugen, die im Moment gerade über die Schweiz fliegen. Wo sie wohl hinfliegen? Dieser Gedanke reicht schon, um mich an meine Reise ins ferne Australien zu erinnern. Ich weiss noch genau, wie es mir zu Mute war, als ich in Zürich in den riesigen Jumbo eingestiegen bin. Ich war nervös und angespannt und stellte mir vor, wie es wohl in Brisbane aussehen würde. Genau einen Tag später war ich auf dem fünften Kontinent angekommen. Bereits am Flugplatz konnte ich erkennen, dass in diesem Land Ordnung und Sauberkeit herrschen. Jede Person, ohne irgendeine Ausnahme und ohne irgendwelches Meckern, muss bei der Einreise nach Australien die scharfen Bedingungen akzeptieren und die verschiedenen Kontrollen über sich ergehen lassen. Das Ganze verläuft in einer ruhigen und menschlichen Art und Weise. Und oftmals bekommt man sogar noch etwas obendrauf, was bei uns in der Schweiz Mangelware ist: ein ganz ehrlich gemeintes Lächeln!

Die Dimensionen in diesem Land sind gewaltig, aber überschaubar, und die Leute sind sehr tolerant. Ob dies nun im Strassenverkehr, beim Rasenmähen am Sonntagmorgen, bei den Ladenöffnungszeiten oder ganz einfach beim täglichen nebeneinander und miteinander Leben ist: Das System funktioniert bestens und macht erst noch sehr viel Spass!

Auch das Wort »Kinder« wird in Australien grossgeschrieben! Mit einem Kinderwagen hat man überall Vortritt und niemand stört sich an all den Geräuschen, die Kinder so von sich geben. Dass das vom Staat ausbezahlte Kindergeld in Australien etwa viermal höher ist als bei uns in der Schweiz, rundet diese Feststellungen ab und zeigt auf, wie wichtig uns eigentlich unsere Altersvorsorge sein sollte!

Dafür haben die Leute in diesem Land keinerlei Kontaktschwierigkeiten und so kann es durchaus sein, dass man plötzlich in ein Gespräch verwickelt wird. Dabei kann man viel über Land und Leute erfahren und man spürt auch, dass der gesunde Menschenverstand und die bedingungslose Hilfsbereitschaft noch nicht ganz von unserem Erdball verschwunden sind. Dafür fehlen andere Sachen in diesem Land. Da gibt es zum Beispiel keine Müllhalden entlang der Autobahn, da sind keine Radar- und Rotlichtüberwachungskameras installiert und Raclette- oder Fonduekäse ist nur sehr schwer erhältlich.

Das freundliche »guten Morgen« meines Nachbarn bringt mich wieder auf den Boden meines Arbeitswegs zurück. Noch ein paar Schritte zu meinem unter dem Sternenzelt parkierten Volvo und kurze Zeit später bin ich unterwegs in Richtung Geschäft. Nach bereits zehn Minuten betrete ich das Büro und beginne mit meiner Arbeit. Ich arbeite gerne und mein Beruf macht mir Spass.

Und trotzdem bin ich gelegentlich dermassen frustriert, dass ich meinen Job in solchen Momenten am liebsten an den Nagel hängen würde. Es handelt sich dabei nicht um fachliche, sondern vor allem um menschliche Probleme. Da gibt es zum Beispiel Kunden, welche einfach nicht ehrlich sind, die Rechnungen absichtlich nicht bezahlen und die schlussendlich am Stammtisch noch blöde Sprüche machen. Da sind Lehrlinge und Mitarbeiter, denen schlicht und einfach der Anstand fehlt und die noch zu faul sind, den eigenen Dreck wegzuräumen. Da sind aber auch Ämter und Verwaltungsbehörden, die beim Versenden und Einfordern von unnützen Formularen und Statistiken anscheinend so etwas wie eine Art Orgasmus bekommen.

Und trotzdem bin ich mir bewusst, dass es bedeutend mehr positive als negative Erlebnisse in meinem Tagesablauf gibt. Und darüber bin ich heilfroh.

Es gibt immer etwas zu tun!

Mein erster Kundenbesuch am heutigen Tag führt mich ins örtliche Alters- und Pflegeheim. Beim Betreten des Haupteingangs nehme ich einen Geruch wahr, welcher sich aus einem Mix von Rheumasalbe, muffigen Kleidern und Ravioli an Tomatensauce zusammensetzt. Beim Anblick der alten und gebrechlichen Leute wird mir schnell klar, dass dies die letzte Station im Leben von uns Menschen sein muss. Nachdenklich und mit meinem schwarzen Werkzeugkoffer in der rechten Hand laufe ich dem grauen Gang entlang zum Lift. Das sind nun also diejenigen Leute, welche im vergangenen Jahrhundert zu unserem Land geschaut haben und die auch bereit waren, dafür zu sterben. Damals war ein Wort ein Wort und mit denjenigen, welche sich nicht an dieses Wort oder an sonstige Regeln gehalten haben, wurde recht unsanft umgegangen. Damals hatte man vor dem Gemeindepräsidenten, dem Arzt, dem Lehrer und auch dem Dorfinstallatör einen gewaltigen Respekt – und ich bin mir sicher, dass dies auch zu Recht so war. Wieso ich mir da so sicher bin? Mein Grossvater war einer von ihnen. Oft hat er mir erzählt, wie in der Schule Ordnung, Sauberkeit und Pflichtbewusstheit gelehrt wurden – Werte, die heute oftmals zwischen Gameboy und antiautoritärer Erziehung verloren gehen. Dazu kommt noch die kulturelle Verwässerung, und schon sind die Probleme, wie wir sie heute kennen und erleben, da.

In diesem Punkt weiss ich genau, von was ich da spreche. Als Lehrmeister habe ich täglich mit diesen jungen Menschen zu tun, und am Anfang der Lehre muss ich ihnen als Erstes beibringen, dass man auch fremde Leute grüssen soll, dass man Lehrmeister nicht duzt, dass man pünktlich am Arbeitsplatz und in der Gewerbeschule erscheinen muss und und und ...!

Mit zwanzig Jahren gehen dann diese jungen Erwachsenen in die Rekrutenschule, und beinahe jeder Zweite kommt dann am selben Tag infolge psychischer Probleme, Problemen mit dem Haltungsapparat oder wegen Suchtmittel- und Drogenkonsums wieder nach Hause. Vertan ist dann die letzte Möglichkeit im Leben, Ordnung und Kameradschaft zu leben und zu erleben.

Ich denke noch heute ab und zu an meine Militärkarriere als Gefreiter zurück, und manchmal komme ich bei meinen beiden Söhnen Roman und Patrik fast ein wenig ins Schwärmen, wenn ich von meinen alten Zeiten erzähle.

Eine alte, aber noch rüstige Frau steigt vor mir in den Fahrstuhl und beginnt sofort mit mir zu sprechen. »Was machen Sie da, junger Mann?«, fragt sie mit hoher, beinahe krächzender Stimme. Ich erkläre ihr, dass ich eine Reparatur zu erledigen habe, und frage sie nur so zum Spass, ob sie mir dabei helfen will. Ohne dass diese Frau auch nur ein Wort zu mir sagen muss, weiss ich, dass ich soeben eine etwa neunzigjährige Hilfsarbeiterin eingestellt habe! Das Funkeln in ihren Augen ist nämlich fast dasselbe wie das von Kinderaugen unter dem Weihnachtsbaum. Zusammen fahren wir in den dritten Stock, wo ein defekter Heizkörperthermostat ersetzt werden muss. Ich bitte sie, den Thermostaten aus der Kartonverpackung zu nehmen, während ich den defekten Thermostaten demontiere. Ich drücke ihr einen Schraubenzieher in die Hand und stecke den neuen Thermostaten auf das Ventil. Die alte Frau ist sehr aufgeweckt, denn kaum ist der Thermostat eingeklinkt, streckt sie mir schon den Schraubenzieher, mit welchem ich die Stellschraube anziehen muss, entgegen. Man könnte glatt meinen, dass die Frau jeden Tag einen Thermostaten wechselt. Ich ziehe die Schraube fest – Fertig! Ich beuge mich zu der Frau hinab und sage aufrichtig zu ihr: »Sie sind eine grosse Hilfe, danke vielmals!« Auf dem faltigen Gesicht macht sich ein ebenso ehrliches Lächeln breit. »Habe ich doch gern gemacht – Ich danke Ihnen auch!«

Im modernen Sprachgebrauch ist dies eine »Win-win-Situation«, da die alte Frau und ich gerade ein Erlebnis gehabt haben, bei dem es nur Gewinner gegeben hat.

Ich spüre, wie dankbar und stolz diese Frau ist, da sie jetzt gerade das Gefühl hat, gebraucht zu werden. Wir fahren zusammen mit dem Lift hinunter und beim Verabschieden teilt mir diese Frau unmissverständlich mit, dass sie mir beim nächsten Mal gerne wieder helfen wird. Dankbar nehme ich ihr Angebot an, weiss dabei aber genau, dass es aufgrund ihres hohen Alters vielleicht unser letzter gemeinsamer Einsatz gewesen ist. In ihrem Alter kann man ja jeden Tag sterben – oder etwa nicht? Doch, kann man. Aber halt! Ist es nicht auch möglich, in meinem Alter jeden Tag zu sterben? Doch, kann man auch! Tausende Gedanken gehen mir in diesem Moment durch den Kopf, immer im Bewusstsein, gegen den Tod absolut machtlos zu sein. Nachdenklich verlade ich meine Werkzeugtasche und steige ins Auto ein. Beim Wegfahren vom Innenhof steht die alte Frau noch immer an der Tür. Ich winke ihr ein letztes Mal kurz zu und biege kurz darauf in die Hauptstrasse ein.

Mein nächster Kunde will sein Badezimmer umbauen lassen und hat mich daher zu sich nach Hause bestellt. Er ist Export-Sachbearbeiter und arbeitet in einem mittelständischen Unternehmen im Nachbardorf. Nach knapp zehn Minuten Fahrt stehe ich vor seinem Grundstück. Das Eingangstor ist geschlossen und durch die schwarzen, schmiedeisernen Gitterstäbe kann ich einen Luxussportwagen und einen Geländewagen mit Pferdeanhänger erkennen. Ich steige aus meinem Auto aus und drücke auf die Ruftaste der modernen Klingelanlage. Wie von Geisterhand öffnet sich das schwere Tor und der Kunde weist mich an, mein Auto etwas abseits vom Hauseingang abzustellen. Wir betreten das Haus und gehen, ohne gross Worte zu verlieren, in das Badezimmer, das umgebaut werden soll. Mit kurzen und klaren Worten, fast ein wenig arrogant, erläutert der Kunde seine Umbauwünsche und eröffnet mir dabei auch gleich, dass auch noch andere Firmen ein Angebot machen werden. Ich zeichne den Grundriss des Badezimmers auf meinem Notizblock auf und trage die verschiedenen Masse, welche für mich und die zu erstellende Offerte wichtig sind, darin ein. Auf meine Frage, ob bereits eine Apparateliste mit all den Wannen, Lavabos, Hahnen und dem WC existiert, lächelt dieser Mensch nur und sagt zu mir:»Diese Sachen haben wir bereits im Ausland, übers Internet, zu Preisen eingekauft, welche ihr Installatöre hier in der Schweiz bestimmt nicht machen könnt!«Ich schweige. Denn Schweigen ist in diesem Moment für mich die einzige Möglichkeit, nicht eine freche Aussage dem Kunden gegenüber zu machen. Ich lege den Bleistift zur Seite und schliesse den Notizblock. Ich frage den Herrn freundlich, ob ich die bereits gekauften Artikel einmal anschauen darf, damit ich weiss, was in Sachen Montage alles offeriert werden muss. Er willigt ein. Wir verlassen das Haus durch den Hinterausgang bei der Küche und gehen über einen Holzschnitzelweg durch den Garten in das nahe gelegene Gartenhaus. Er öffnet die Holztüre und schon habe ich einen freien Blick auf die im Ausland gekauften Artikel. Sofort fällt mir auf, dass die Badewanne für das Badezimmer viel zu gross ist und dass das Lavabo einen Riss hat, der von unsachgemässem Transport herrühren muss. Ich frage den Kunden, wie er sich das mit den Apparaten vorstellt. Er schüttelt nur den Kopf und dreht sich um. Wir gehen zurück ins Haus. »Trinken Sie einen Kaffee mit mir?« Die Frage kommt für mich wie aus heiterem Himmel und dazu erst noch in einem äusserst anständigen Ton. Ich stimme zu und setze mich an den Küchentisch. Kurze Zeit später sitzen wir einander gegenüber und trinken Kaffee. Er erzählt mir, dass seine Frau die Apparate im Internet gegen Vorauskasse gekauft hat und dass sie dies nie wieder so tun werde. Ich nicke, denn das Ganze kommt mir so bekannt vor! Im vergangenen Jahr hatte ein anderer Kunde ein ähnliches Problem mit einer vermeintlich billigen Ausstellungsküche aus dem Internet. Schlussendlich hatte die Küche aufgrund von Abänderungen und Anpassungen beinahe denselben Preis wie eine auf Wunsch hergestellte Küche vom Küchenbauer im Dorf.

Schon oft habe ich mich gefragt, was das Motiv der Leute für einen Einkauf im Ausland oder im Internet sein könnte. Es muss das Geld sein. Es ist durchaus möglich, im Ausland zu günstigeren Preisen einzukaufen. Wichtig dabei ist einfach, gleichwertige Artikel und Leistungen miteinander zu vergleichen und die Serviceleistungen nach dem Kauf nicht ganz aus den Augen zu verlieren. Wenn ich zum Beispiel an Sanitärapparate oder Küchen denke, liegt der Preisunterschied gegenüber dem Ausland vor allem bei den Dienstleistungen und den Kosten für die gut aufgebauten Ausstellungsräume mit Fachberatung. Bei unseren Sanitärgrossisten kann man zum Beispiel aus hunderten Wannen, Lavabos und Hahnen auswählen und diese Produkte auch testen. Bei ausländischen Händlern ist dies kaum möglich.

Etwas anders sieht es bei Lebensmitteln und Hygieneartikeln aus. Es darf einfach nicht sein, dass wir in der Schweiz doppelt hohe Preise zu bezahlen haben, nur weil sich dabei ein Alleinimporteur eine goldene Nase verdient. Dasselbe gilt übrigens auch für überrissene Zölle und für Beschriftungen auf Hygieneprodukten, welche keine Menschenseele interessieren. Kommt dann noch das Thema Frischfleisch oder Milchprodukte auf den Tisch, wird es ganz krass und sehr schwierig, auch nur irgendeine Erklärung für die wirklich riesigen Preisunterschiede parat zu haben. Ich bin felsenfest überzeugt, dass in diesem Bereich noch lange nicht das letzte Wort gesprochen worden ist.

Unterdessen ist auch die Hausherrin vom Tennisunterricht nach Hause gekommen und setzt sich zu uns an den Tisch. Unschwer erkenne ich in diesem Moment, dass anscheinend nur die beste Tennisausrüstung und die elegantesten Kleider für diese Dame gut genug sind, ganz zu schweigen von der teuren Uhr an ihrem Handgelenk. Es hat bestimmt nichts mit Neid zu tun, aber irgendwie kommt es mir wieder einmal mehr so vor, dass das Geld bei allem, was zur Schau gestellt werden kann, viel lockerer in den Taschen sitzt als für Heizkessel oder Sanitärapparate. Doch dann geschieht etwas, mit dem ich nie im Leben gerechnet hatte. Die

Frau sagt ganz spontan zu mir:»Ich habe einen Fehler begangen und im Internet ein Badezimmer gekauft!«Sie erzählt mir die ganze Geschichte und wie es so weit gekommen ist. Dann fügt sie hinzu:»Bauen Sie uns bitte ein Badezimmer, das uns lange Zeit Freude bereitet – und zwar mit neuen und modernen Apparaten, die von Ihnen geliefert werden!«

Auf einen Schlag ist alles ganz anders. Es gibt sie also doch noch, jene Menschen, die einen Fehler machen, dazu stehen und dann alles in die richtige Richtung lenken. Manchmal braucht es nur ein bisschen Mut und einen breiten Rücken, und dann ist das Ganze plötzlich halb so schlimm.

Wir besprechen das weitere Vorgehen und erstellen ein Terminprogramm für den Badezimmerumbau. Bei der Wahl der anderen Handwerker geraten sich die beiden fast ein wenig in die Haare, weil irgendwie früher einmal eine Unstimmigkeit mit einem Plattenleger war. Auch beim Elektriker gibt es Diskussionen, weil dieser zur falschen politischen Partei gehören soll. Das kenne ich doch. Wurden da nicht auch schon oft die fähigsten Politiker nicht in den Bundesrat gewählt, nur weil sie scheinbar der falschen Partei angehörten? Irgendwie sollte man diese alten Zöpfe loslassen, damit man sich in dieser Hinsicht nicht auch noch das Leben schwer macht. Und trotzdem, Politik ist und bleibt ein Geschäft, in welchem zwei Gesichter gefragt sind. Das geht vom ganz Kleinen bis hinauf zum ganz Grossen. Unterdessen haben sich die beiden über die in Frage kommenden Handwerker geeinigt und dem Badezimmerumbau sollte eigentlich nichts mehr im Wege stehen. Ich bedanke mich für den Auftrag und verabschiede mich. Auf dem Weg zum Parkplatz kommt mir aus heiterem Himmel folgende Geschichte in den Sinn, die ich vor kurzem irgendwo gelesen habe. Ein Mann stieg in den Bus und kam neben einen jungen Mann zu sitzen, der offensichtlich ein Hippie war. Er hatte nur einen Schuh an.»Du hast wohl einen Schuh verloren, mein Junge?«»Nein«, lautete die Antwort,»ich habe einen gefunden.«

Und genau so fühle ich mich jetzt gerade. Nur habe ich keinen Schuh, sondern neue Kunden gefunden.

Ich wende meinen Wagen auf dem grossen Hausplatz und fahre auf direktem Weg zurück in mein Büro, das über der Aare liegt. Im Prinzip ist es ein Grossraumbüro, welches ich zusammen mit meinem Vater, meinem Bruder und der Sekretärin teile. Meine Büroecke ist nicht sehr modern eingerichtet. Drei alte Schubladenstöcke und zwei in die Gehrung geschnittene helle Holzplatten bilden zusammen einen Winkelschreibtisch. Dieser ermöglicht mir, mit jeweils einer Neunzig-Grad-Drehung mit dem Bürostuhl zwischen meinem Arbeitsplatz und meinem Laptop hin und her zu wechseln. Umrandet ist das Ganze von grossen, offenen Regalen, in denen die zahlreichen Ordner und Arbeitshilfen untergebracht sind, die ich zur Ausübung meines Berufs brauche.

An der Wand hängen Bilder und Zeichnungen meiner beiden Söhne und ein ganz intensiv gefärbtes Amulett aus Australien. Ein Glücksbambus, welchem es scheinbar in meiner Umgebung wohl ist, rundet mein kleines Reich ab.

Ein schwieriger Fall

Ich habe in diesem Büro schon viel Schönes, aber auch weniger Schönes erlebt. Oft habe ich gelacht, oft habe ich mich aufgeregt, aber immer war mein Büro irgendwie mein zweites Zuhause. Und genau das muss ich mir heute unter anderem vorwerfen lassen. Vor etwas mehr als zwei Jahren habe ich nämlich mein erstes Zuhause verlassen, weil ich eine andere Frau kennengelernt und mich in sie verliebt habe. Es war eine total verrückte Zeit, mit vielen Gemütsschwankungen und Gewissensbissen, denn in den Augen einiger Familienmitglieder und von vielen Kollegen bin ich noch heute dieses Schwein, das seine Familie im Stich gelassen hat, um mit einer anderen Frau ins Bett zu steigen. Es ist sehr schwierig, in diesen Momenten einen halbwegs klaren Durchblick zu behalten, denn von allen Seiten wird man beobachtet und mit bösartigen Bemerkungen bombardiert. Aber die allerschlimmsten Leute sind diejenigen, die hinter vorgehaltener Hand Unwahrheiten und Falschheiten verbreiten. Dazu kommt noch die Tatsache, dass man in diesen Situationen völlig auf sich alleine gestellt ist und man mit wirklich niemandem aus den eigenen Reihen darüber sprechen kann. Da tut es einem richtig gut, sich ab und zu mit jemandem dieser wenigen noch verbleibenden Freunden und Kollegen auf ein Bier zu treffen. Dies allein reicht jedoch nicht aus, um diesem gewaltigen Druck, der sich da um einen herum aufbaut, widerstehen zu können. Da hat sich bei mir das Sicherheitsventil geöffnet, sonst wäre ich wahrscheinlich in der Anfangsphase dieser Trennung verreckt. Dieses Sicherheitsventil hat mich damals für vier Wochen nach Australien geschickt. Das Einzige, was ich zu tun hatte, war, einen Flug zu buchen und die Vorbereitungen zu treffen, damit meine Mitarbeiter während meiner Abwesenheit ohne Probleme arbeiten konnten. Mein Freund Roger und seine Familie holten mich am Flugplatz in Brisbane ab und stellten mir in ihrem Haus ein Zimmer zur Verfügung. Ich war weit weg von allem und von allen. Ich war in Australien! Dieses Australien, von dem ich als Kind immer den Eindruck hatte, dass man sterben muss, wenn man dieses Land besucht hat. Und zwar deshalb, weil man dann bestimmt alt und am Ende seines Lebens angekommen ist. Und genau dieses Australien hat es mir angetan. Während dieser Zeit hatte ich viele Gelegenheiten, über die ganze Situation nachzudenken, und es war mir auch bewusst, dass die Zeit in diesem wunderbaren Land schnell vorbeigehen wird. Es war Adventszeit und dreissig Grad am Schatten. Die Weihnachtsmänner tragen hier kurze Hosen und in den klimatisierten Warenhäusern herrscht dieselbe Weihnachtsstimmung wie bei uns zuhause. Die Zeit in Australien ist mir damals buchstäblich davongelaufen und schon bald musste ich wieder zurück in die Schweiz fliegen. Beim Einsteigen ins Flugzeug musste ich weinen, denn es war mir bewusst, was ich hinter mir zurücklasse und was mich in ein paar Stunden in der Schweiz erwartet. Bereits beim Umsteigen im Flughafen von Singapur konnte ich die typisch schweizerische Art einiger Passagiere ausmachen. Dies muss anscheinend so sein, damit die Umstellung auf das schweizerische System nach der Landung in Zürich nicht allzu krass ist. Ich war also wieder daheim. Einen Tag später war Heiligabend und wir feierten alle zusammen Weihnachten. Die Stimmung war recht gut und das Essen übrigens auch. Und trotzdem war dieser dunkle Stern wieder da.

Ich brachte die Festtage und den Jahreswechsel gut hinter mich und voller Tatendrang ging's dann wieder zurück an meinen Arbeitsplatz.

Doch bereits in den ersten Tagen habe ich festgestellt, dass irgendetwas nicht mehr so war wie vor den Ferien. Ich bekam zunehmend Probleme mit Mitarbeitern und Lehrlingen. Mein Einfluss und meine Autorität ihnen gegenüber ist in den vergangenen Wochen stark zurückgegangen. Dies wurde mir auch mehrmals vor Augen geführt. Da hat man mir zum Beispiel unverblümt und fadengerade ins Gesicht gesagt, dass alles viel besser geklappt hatte, als ich in Australien war. Irgendwie war ich überrascht und vor den Kopf gestossen. Es hat mir ganz einfach weh getan! Doch in diesem Moment wurde mir schlagartig klar, dass ich nun wahrscheinlich noch ein zusätzliches Problem am Hals hatte. Da waren also nicht nur die Probleme mit meiner Familie und den fremden Leuten, die mich in den Dreck gezogen haben, da waren plötzlich auch Probleme am Arbeitsplatz. Aber mein Arbeitsplatz ist doch nicht einfach irgendeiner! Seit ich auf der Welt bin und denken kann, bin ich ein Teil dieser Firma, die von meinem Ur-Ur-Grossvater vor über 125 Jahren gegründet worden war. Hier habe ich doch während meiner Schulzeit den ersten Zahltag verdient! Hier ist doch ein Teil meines Lebensinhaltes und meines Lebenswerks drin! Jetzt wird's happig – das war mir bewusst! In diesen Momenten habe ich oft das Gefühl und die Hoffnung gehabt, dass sich das Ganze wieder einrenken wird. Fehlanzeige! Im Gegenteil, der Druck hat noch zugenommen und ich musste mich sogar bei einem Mitarbeiter entschuldigen, weil ich ihn zu Recht kritisiert habe. Dies, weil er einen einfachen Auftrag, den ich ihm gegeben habe, aus lauter Bequemlichkeit, nicht richtig ausgeführt hat. Heute weiss ich, dass das Ganze einfach zu viel für mich war. Doch nicht genug damit. Meine Lebenspartnerin, die ich im kleinen Tearoom gegenüber unserem Geschäft kennen gelernt habe, geriet plötzlich auch ins Kreuzfeuer der Öffentlichkeit. Sie, welche während fünf Jahren dieses Lokal geführt hat, erhielt plötzlich Kurznachrichten und E-Mails von Gästen, Familienangehörigen und sogar von Mitarbeitern unserer Firma, die vom Inhalt her teilweise unter jedem Sauhund waren. Diese Nachrichten waren manchmal so brisant und gemeingefährlich, dass wir uns überlegt haben, die Polizei einzuschalten. Wir hatten alle Hände voll zu tun, um uns und unsere Beziehung vor diesen

Attacken zu schützen, damit nicht auch noch in diesem Bereich etwas in Schieflage geraten konnte. In diesen Momenten haben wir uns oft gefragt, was eigentlich mit uns passiert. Wir waren nahe dran, uns in ein Flugzeug zu setzen und einfach zu verduften. Aber das wäre zu einfach gewesen! Meine Lebenspartnerin und ich haben uns aus mehreren Gründen entschlossen, uns der ganzen Sache zu stellen.

Erstens: Wir haben überhaupt nichts Verbotenes gemacht! Das muss an dieser Stelle einfach einmal gesagt werden. Das Einzige, was passiert ist, ist, dass sich zwei Menschen getroffen und verliebt haben. Und einer von diesen zwei Menschen bin ich.

Zweitens: Im Prinzip und überhaupt und sowieso hat kein Mensch auf dieser Welt ein Anrecht darauf, uns in irgendeiner Weise durch den Dreck zu ziehen oder zu verurteilen.

Und Drittens: Wir haben beide Kinder. Meine Lebenspartnerin hat zwei Girls und ich habe zwei Jungs. Wir sind uns der Verantwortung diesen Lebewesen gegenüber bewusst. An dieser Stelle muss nun auch einmal gesagt werden, dass ich stets meinen finanziellen Verpflichtungen nachgekommen bin und dies auch heute noch tue. Da wurden manchmal Schauermärchen vom Feinsten verbreitet, so dass man annehmen musste, dass meine Ex-Frau und die beiden Kinder bereits verhungert sind. Und eines kann ich Ihnen an dieser Stelle auch noch gleich verraten: Die Verpflichtungen, die einem Mann bei einer Scheidung von Gesetzes wegen auferlegt werden, sind nahezu unmoralisch. Ganz egal, ob nun der Mann die Frau verlassen hat oder umgekehrt. Das spielt in diesem Moment überhaupt keine Rolle. Eines ist dabei aber sicher: Ein Mann mit durchschnittlichem Einkommen wird sein Leben lang nie mehr in der Lage sein, in finanzieller Hinsicht nochmals eine eigene Familie gründen zu können. Einer Frau ist dies jedoch absolut möglich! Und solange wir Männer uns nicht gegen solche Diskriminierungen zur Wehr setzen, wird dies mit höchster Wahrscheinlichkeit auch so bleiben oder zusätzlich noch verschärft werden.

Am vergangenen Freitag ging ich wieder einmal in den Abendverkauf. Unter anderem besuchte ich auch eine Papeterie und beobachtete da ein junges Paar, welches in naher Zukunft heiraten wird. Warum ich das weiss? Die beiden haben in einem dicken Buch mit hunderten von Musterkarten geblättert und eine zu ihrem Fest passende Karte ausgelesen. Ich war drauf und dran, ihnen ein paar Tipps von mir mit auf den gemeinsamen Weg zu geben, damit sie nicht in ihrer vorehelichen Verliebtheit fahrlässige Unterlassungssünden begehen. Ich hab's sein lassen, denn der Moment, um ihnen das zu sagen, war in diesem Moment wirklich sehr unpassend.

Trotzdem würde ich heute wichtige Abmachungen vor der Ehe schriftlich festhalten, denn in diesem Moment kann man noch problemlos mit dem Partner oder der Partnerin reden. Dies ist bei mir heute leider nicht mehr so problemlos möglich und irgendwie auch verständlich, denn eine Trennung ist ein sehr schmerzhafter Einschnitt im Leben. Vor allem dann, wenn man sich vor höchster Instanz einmal das Ja-Wort gegeben hat und Kinder da sind.

An einer Bausitzung in der vergangenen Woche hat ein Bauführer von seiner »Lebensabschnitts-Partnerin« gesprochen. Zuerst hat mich dieser Ausdruck gestört, denn irgendwie tönt dies so, wie wenn schon heute programmiert wäre, dass die Beziehung einmal auseinander brechen wird.

Doch nach längerem Überlegen bin ich zum Schluss gekommen, dass diese Bezeichnung vielleicht gar nicht so unpassend ist, denn wenn zwei sich während ihrer Partnerschaft nicht in gleicher Richtung weiterentwickeln, ist der Zusammenbruch dieser Beziehung vorprogrammiert.

Dennoch weiss ich heute, dass, egal was in einer Partnerschaft auch passiert, es immer zwei Beteiligte gibt und dass man niemals, aber auch wirklich niemals NIE sagen soll!

Ich spüre einen Druck in der Magengegend – Hunger! Vor lauter Arbeiten am Laptop habe ich doch glatt die Zeit vergessen, und nun ist's schon fünf nach zwölf. Ich setze mich in mein Auto und fahre nach Hause. Bereits nach wenigen hundert Metern kommt mir ein lichthupendes Fahrzeug entgegen, dessen Fahrer mir unmissverständlich anzeigt, dass weiter vorne eine Radarkontrolle sein muss. Kurze Zeit später passiere ich ein auf einem Hausplatz parkiertes Auto, in welchem eine Kamera installiert ist, die man nur durch ganz genaues Hinsehen ausmachen kann. Ein wenig weiter oben stehen dann Polizisten, die einen rauswinken, falls man zu schnell unterwegs gewesen ist. Ich werde meinen Verdacht nicht los, dass es sich in diesem Fall um Abzocke handelt, zumal die Strasse breit ist und sich auf beiden Seiten Gehsteige befinden. Zudem sind aufgrund der fortgeschrittenen Zeit auch keine Fussgänger unterwegs. Es trifft sie also wieder, die arbeitende Bevölkerung, und dies erst noch während der Mittagspause. Dreihundert Meter weiter, mitten im Dorf, steht dann auch noch die festinstallierte Rotlicht- und Radaranlage. Was ich an dieser Anlage schon alles an Kuriosem erlebt habe! Da fahren mündige Personen, aus lauter Respekt, mit vierzig Stundenkilometern auf die Anlage zu und bremsen dann fünfzig Meter vorher auch noch ab. Andere Autofahrer halten sogar an, wenn die Ampel auf Grün steht, oder machen eine Vollbremsung, wenn die Ampel auf Orange schaltet. Es könnte ja blitzen! Manchmal habe ich einfach das Gefühl, dass ein Grossteil meiner Mitmenschen aus lauter Angst, etwas falsch zu machen, nur noch bedingt handlungsfähig ist. Dies kann heutzutage übrigens auch wunderbar an Fussgängerstreifen beobachtet werden. Nachdem ich zuhause angekommen bin, leere ich den Briefkasten und betrete die Wohnung. Es riecht köstlich nach frischen Teigwaren und der Salat steht schon auf dem Tisch. Wir beginnen zu essen, und kurze Zeit später klingelt bereits das Telefon. Ein Notfall! Eine Frau ist am andern Ende der Telefonleitung, und mit entsetzter Stimme erklärt sie mir, dass bei der WC-Anlage Wasser aus der Wand läuft. Ich höre das Rauschen im Hintergrund und weiss, dass dieser Frau nicht telefonisch geholfen werden kann. Ich erkundige mich nach ihrer Adresse. Ich lasse die Teigwaren und meine Lebenspartnerin links liegen und

fahre auf direktem Weg zu ihr. Die Kundin erwartet mich schon.
Wir gehen ins Badezimmer und tatsächlich: Bei der Drückertaste
des Spülkastens, der in die Wand eingebaut ist, laufen grosse Mengen Wasser heraus. Ich entferne die Abdeckung und schliesse das
Absperrventil im Spülkasten. Der Panzerschlauch, der das Absperrventil und das Schwimmerventil zusammen verbindet, hat
einen Riss. Ich ersetze dieses defekte Teil, öffne das Absperrventil
und montiere die Abdeckung wieder. Fertig! Inzwischen ist die
Mittagszeit vorüber, aber in meinem Kopf kreisen immer noch
die frischen Teigwaren, die ich zuhause stehen lassen musste. Das
Ganze nennt man Schicksal des Installatörs. Aber eigentlich bin
ich ja gerne für Leute da, die in Not sind. Aber eben, heutzutage
sind es nicht mehr nur die Notfälle zu praktisch jeder Tages- und
Nachtzeit, nein, es sind zunehmend auch Beratungen und Besprechungen mit Kunden, welche manchmal erst abends um halb acht
Uhr stattfinden. Dies, weil die Kunden heute nicht mehr bereit
sind, für einen Badezimmerumbau ihren Arbeitsplatz eine Stunde
früher zu verlassen. Manchmal frage ich mich wirklich, für was
oder für wen ich das Ganze eigentlich mache. Vor ein paar Jahren
wäre es mir nie in den Sinn gekommen, mir diese Frage zu stellen.
Heute aber, nach all diesen Vorfällen und Verlusten, welche ich in
den letzten Monaten und Wochen hinnehmen musste, stelle ich
mir diese Frage immer öfter.

Menschen und Maschinen

Ich fahre auf direktem Weg ins Büro, wo bereits einige Mitarbeiter auf mich warten. Ich sehe es meinen Mitarbeitern an, ob sie gut oder schlecht drauf sind. Ich sehe es ihnen auch an, ob sie wegen eines Problems zu mir kommen oder ob sie sich nur einfach kurz mal bei mir melden, damit wir das weitere Vorgehen für irgendetwas besprechen können. Ich sehe es ihnen aber auch an, wenn sie mich einfach nur fragen wollen, ob wir zusammen ein Feierabendbier trinken gehen. Wenn ich von meinen Mitarbeitern spreche, dann deshalb, weil unser Familienbetrieb eigentlich in drei Teile eingeteilt ist. Mein Vater ist diplomierter Spenglermeister und aufgrund seines fortgeschrittenen Alters auch der Geschäftsinhaber. Er ist derjenige, dem der Laden gehört – er ist der Boss!

Mein jüngerer Bruder ist ebenfalls diplomierter Spenglermeister und leitet die Geschicke der Spenglerabteilung mit allen Nebenbereichen wie zum Beispiel Flachdach- und Kaminbau sowie Metallfassaden. Und ich führe, wie Sie bereits hautnah miterleben konnten, die Sanitär- und Heizungsabteilung. Wenn ich also von meinen Mitarbeitern spreche, meine ich diejenigen flotten Kerle, die mit mir zusammen die Haustechnikabteilung in Schuss halten. Eine Aufteilung des Betriebes in diese zwei Abteilungen macht Sinn. Dies beginnt bereits bei den unterschiedlichen Anforderungen der Berufe an sich und den damit verbundenen Ansichten der Mitarbeiter. Die Spengler arbeiten bei jedem Wetter im Freien, und zwar auf Dächern und an Wänden, auf Neu- und Umbauten, kurz überall da, wo es nicht unbedingt von entscheidender Bedeutung ist, wie man daherkommt und wie man sich gibt. Bei den Installatören ist es da schon ein bisschen anders. Sie arbeiten ebenfalls bei jedem Wetter, aber oftmals in den Wohnräumen, den Badezimmern oder in den Küchen der Kunden, die heutzutage sehr heikel und anspruchsvoll sind.

Auch aufgrund des Maschinenparks macht so eine Aufteilung Sinn. Die Haustechniker haben die Werkstatt in Form des Servicewagens jederzeit bei sich, und die Spengler benötigen grosse Mengen an Platz und entsprechende Maschinen, damit die teilweise acht Meter langen Bleche überhaupt verarbeitet werden können.

Man kann sagen, dass in unserem Betrieb die Spenglerabteilung, auch was das Personal betrifft, in etwa doppelt so gross ist wie die Haustechnikabteilung.

Dadurch und auch deshalb, weil mein Bruder ähnliche Ansichten und genau die gleiche Ausbildung wie mein Vater hat, entstehen manchmal ganz verschiedene Meinungen zwischen ihnen beiden und mir, wenn es um Grundsätze der Geschäftsführung geht. Das kann sich in einigen Fällen für mich durchaus positiv, in anderen Fällen aber leider auch sehr negativ auswirken. Kommt dann in solch negativen Momenten auch noch das Generationenproblem zwischen mir und meinem Vater ins Spiel, wird es für mich richtig ungemütlich. Das sind dann diese Situationen, in denen ich mich lautstark zu Wort melde oder mich eben zurückziehe.

Und trotzdem ist es sehr wichtig, nach aussen geschlossen aufzutreten und zusammenzustehen und jederzeit so zu tun, als ob man Herr der Lage ist. Manchmal komme ich mir fast wie ein Mitglied des Bundesrates vor. Allerdings ohne dieses Salär und ohne die lebenslange Rente von rund einer halben Million Schweizer Franken. Zudem muss ein Bundesrat ja auch keinen Privatanteil an seinem Dienstwagen versteuern.

Und doch möchte ich meinen Job nicht gegen irgendeinen anderen tauschen, denn ich kann immerhin noch selbstständig handeln und Entscheidungen treffen. Ich trage aber auch die

Verantwortung für mein Handeln, falls mal irgendetwas in die Hosen geht. Das muss so sein, denn Ethik und Moral gehören seit Ewigkeiten zum Fundament unserer Firma. Wir haben noch nie Löhne und Sozialleistungen von Mitarbeitern unterschlagen und wir haben uns auch sonst nie irgendetwas zu Schulden kommen lassen. Für solch zwiespältige Sachen sind wir schlicht und einfach nicht zu haben!

Da gibt es genügend andere Personen und Firmen, die solche Sachen machen und die sich dabei noch gross vorkommen und ins Fäustchen lachen. Wie viele Konkurse von solchen Leuten habe ich schon miterlebt, und einen Tag später waren genau diese Versager unter einem anderen Namen wieder da, um im gleichen Stil weiterzuwursteln. Und das Traurige daran ist zudem, dass die Allgemeinheit all diese dabei entstehenden Kosten und Verluste berappen muss.

Bereits sind alle anstehenden Aufgaben für den heutigen Nachmittag an meine Mitarbeiter verteilt und mein Büro wird zusehends leerer. Es ist ein gutes Zeichen, wenn die Arbeitsverteilung schnell vor sich geht, denn dann gibt es in der Regel wenig oder gar keine Probleme auf den Baustellen.

Meine Aufmerksamkeit richtet sich nun auf die Unterlagen für eine Pellets-Heizungsanlage, die nächste Woche eingebaut werden soll. Pellets sind kleine, aus Sägemehl gepresste Holzwürmer, die in einem speziellen Heizkessel verbrannt werden. Eine solche Heizungsanlage ist bei der Anschaffung etwa doppelt so teuer wie ein ganz normaler Heizkessel, der mit Heizöl betrieben wird. Trotz diesem bedeutend höheren Preis ist die Nachfrage nach diesem Heizsystem gross, weil die Hausbesitzer langsam, aber sicher ein Gefühl für Ökologie entwickeln. Dazu spielt auch noch der sehr hohe Ölpreis und die Angst vor einer Ölknappheit eine entscheidende Rolle. Alles gut und recht, aber bereits gibt's die ersten Anzeichen von Missmut. Dies, weil nämlich im Moment der Preis für Pellets höher ist als der Preis für Heizöl und Experten vor Feinstaubbelastungen warnen. Die Situation im Heizungsmarkt ist im Moment sowieso sehr komplex und nicht einmal für Fachleute einfach zu verstehen. Das Einzige, was man heute ganz eindeutig weiss: Luftverschmutzung hat bereits mit den ersten Höhlenfeuern vor Jahrtausenden begonnen. Trotzdem gibt es in meinen Augen keine Entschuldigung, wenn hirnamputierte Eidgenossen Müll im Cheminée verbrennen oder während des Einkaufens im Supermarkt den Motor ihres Autos draussen laufen lassen. Hier müsste man knallharte Strafen aussprechen. Ich bin sowieso allergisch auf das Thema Müll. Ich kann es einfach nicht begreifen, weshalb man die Entsorgungsgebühren nicht schon auf den Kaufpreis schlägt, und zwar abhängig von der Art der Verpackung. Dann wären zum Beispiel die in billigem Plastik eingepackten Pralinen x-mal teurer als offen gekaufte in einem Papiersack. Wir bräuchten dann nur noch öffentliche Entsorgungsstationen aufzustellen, und das Problem der Müllhalden im Wald wäre zu einem grossen Teil aus der Welt geschafft. Aber auch bei diesem System müssten in meinen Augen die Fehlbaren nicht nur eine empfindliche Strafe bezahlen, sondern auch noch einen Tag lang an einer Waldputzaktion teilnehmen. Manchmal habe ich einfach das Gefühl, im falschen Film zu sitzen. Aber dieses Gefühl teile ich scheinbar in diesem Moment mit meinem Bruder. Durch die geschlossene Bürotüre kann ich klar und deutlich mitverfolgen, wie er sich gerade auf sehr direkte Art und Weise mit einem Lehrling auseinandersetzt. Mit einem von insgesamt dreien. Es ist schlichtweg unvorstellbar, was manchmal in diesen jungen Menschen vor sich geht. Es beginnt mit einer gehörigen Portion Bequemlichkeit, führt über die Einstellung zur Arbeit im Allgemeinen und kommt dann über das allgemeine Interesse, einen Beruf zu erlernen, wieder zurück in den Arbeitsalltag. Die Zeugnisnoten der Berufsschule, am Ende des Semesters, zeigen dann die gemachten Erfahrungen einfach noch in schriftlicher Form. Ich weiss nicht, woran es liegt, aber wahrscheinlich sind das Spätfolgen der häuslichen Erziehung. Dazu kommt, dass diese jungen Menschen, anstatt irgendetwas Gescheites zu machen – ich denke dabei an Hobbies oder an das Mitmachen in Vereinen – nur noch konsumieren. Burschen oder Mädchen, ganz egal, sitzen stundenlang am Computer und chatten, sitzen vor der Glotze und ziehen sich Talk-Shows rein oder schreiben auf ihrem Mobiltelefon Kurzmitteilungen, bis dass die Finger geschwollen sind. Und wer jetzt denkt, dass ich masslos übertreibe, hat keine Ahnung davon, was in weit mehr als der Hälfte der Haushaltungen in der Schweiz vor sich geht. Manchmal habe ich einfach das Gefühl, dass viele dieser jungen Menschen keine Zukunftsperspektiven mehr haben. Ganz ehrlich gesagt und ohne jemanden kränken zu wollen: Ich finde das absolut schlimm – und unverantwortlich! Doch man hat ja alles im Griff. Wenn diese jungen Menschen plötzlich Suchtprobleme bekommen, gibt's ja genügend Suchtexperten. Wenn diese jungen Menschen kriminell werden, gibt's ja genügend Jugendhaftanstalten. Wenn diese jungen Menschen nicht arbeiten wollen, sollen sie's doch sein lassen, denn wir können ja die Facharbeiter aus dem nahen Ausland holen. Es ist doch ganz einfach, oder?

Wir haben in der Schweiz aber auch viele wirklich gute und sehr gute Lehrlinge, die täglich ihr Bestes geben und bereit sind, weit mehr als nur das absolute Minimum zu machen. Ihnen allen mache ich an dieser Stelle ein riesengrosses Kompliment und sage einfach:»Bravo!«

Unterdessen scheint sich mein Bruder wieder beruhigt zu haben und es ist bedeutend ruhiger geworden hier im Büro. Aber nur für kurze Zeit! Jemand klopft an die Türe, öffnet sie und kommt herein. Es ist ein Mann mit braungebranntem Gesicht, der mich in gebrochenem Deutsch nach sauberem Altmetall fragt. Ich erkläre dieser Person freundlich, dass wir bereits Geschäftspartner haben, welche uns nicht nur das saubere Altmaterial abkaufen, sondern uns auch den anfallenden Schrott entsorgen. Durch das Bürofenster bemerke ich in diesem Moment, wie eine andere Person bereits um unsere Altmetallmulden herumschleicht. Der braungebrannte Mann lässt nicht locker und versucht, mich zu bearbeiten. Nach einem weiteren »Nein!« verlässt der Mann unser Büro, ohne sich zu verabschieden. Die beiden Männer steigen in ein Auto mit gelben Nummernschildern und fahren davon. Man glaubt gar nicht, wie viele solcher Leute in der heutigen Zeit unterwegs sind. Auch unsere alten, gebrauchten Lieferwagen sind ein grosser Renner und werden von fliegenden Händlern zu Höchstpreisen gekauft, ins Ausland transportiert und dort verkauft. In diesen Ländern fahren dann diese »Lemp-Autos« noch jahrelang umher, und dies, obwohl der Abgastest längstens abgelaufen ist. Ich traue meinen Augen nicht! Vor unserer Werkstatt stehen wieder diese beiden Männer und beginnen gerade mit dem Aufladen von Blechresten, welche sie aus den aufgestellten Mulden vor unserer Werkstatt herausziehen. Schlagartig verlasse ich mein Büro und gehe zu ihnen. Mit lauter Stimme und unter Androhung der Polizei befehle ich ihnen, die bereits aufgeladenen Resten wieder in die Mulde zurückzulegen. Nach einem unzimperlichen Wortgefecht verlassen sie unser Grundstück erneut. Aber ich bin mir ganz sicher, dass diese Blechstreifen am anderen Morgen nicht mehr in der Mulde liegen werden.

Ich weiss, dass es sehr schwierig ist, solche Machenschaften zu verhindern. Ich bin aber der Meinung, dass man in unserem Land bedeutend mehr gegen solche Banden unternehmen könnte, als dies heute getan wird. Aber schlussendlich ist es doch viel einträglicher, bei Verkehrskontrollen unbescholtene Bürger zu kontrollieren. Wenn diese dann gerade auch noch einen Fehler machen, kann man sie als Täter hinstellen und entsprechend abgarnieren. Das Ganze läuft dann unter dem gescheiten Ausdruck Prävention. Ich bin mir aber nicht sicher, ob ich das Wort richtig geschrieben habe!?

Mein früherer Lehrmeister hat mir vor kurzem auch so eine Episode erzählt, bei der sich meine Fingernägel nach oben gekrümmt haben. Er hat für einen ausländischen Detailhändler eine Lüftungsanlage berechnet und wartet nun seit über einem halben Jahr auf sein Geld. Die Mahnungen kommen infolge Wegzugs des

Fehlbaren immer wieder postwendend zurück. Schlussendlich hat sich mein ehemaliger Lehrmeister auf die Fremdenpolizei begeben, um die korrekte Adresse ausfindig zu machen. Dort hat man ihm Folgendes gesagt: »Wir kennen diese Adresse nicht«, und weiter: »Wir können schliesslich nicht von jedem Ausländer in der Schweiz wissen, wo der sich gerade aufhält!« Unfassbar! Aber wo wir Schweizer uns aufhalten, ist anscheinend jederzeit bekannt, schon deshalb, dass man uns die Steuererklärung zusenden kann. Es gibt noch viel mehr krasse Beispiele, die einem tief unter die Haut gehen. Da ist zum Beispiel dieser Drittklässler, welcher Legasthenie, eine so genannte Lese- und Schreibschwäche, hat und der seit fast einem Jahr auf einen Therapieplatz wartet. Auf der anderen Seite kommen fremde Leute in unser Land, und nachdem man ihnen mit unseren Steuergeldern die Zähne geflickt hat, erhalten diese Leute sofort, und ohne irgendwelche Wartefristen, drei Lektionen pro Woche Deutschunterricht. Das Ganze läuft dann unter dem Oberbegriff »Integration«! In solchen Momenten stehe ich sehr nahe bei denjenigen jungen Schweizern, die öffentlich zum Schweizerkreuz und damit auch zu unserem Land stehen. Dies hat absolut nichts mit Rechtsextremismus zu tun, das muss an dieser Stelle unbedingt festgehalten werden!

Die Schweiz ist ein reiches Land, das ist klar. Aber was bedeutet das eigentlich? Wie wird dieser Reichtum definiert? Werden die immer zahlreicher werdenden Personen, welche die Armutsgrenze oder das Existenzminimum unterschreiten, auch gezählt, oder sind es in diesem Fall nur die dreihundert reichsten Schweizerinnen und Schweizer, die einem alljährlich vom goldenen Cover der »Bilanz« entgegen(aus)lächeln? Ist der zunehmende Schuldenberg der Schweiz, der uns ganz klar vor Augen führt, dass wir über unseren Verhältnissen leben, und welcher eine riesige Hypothek für kommende Generationen darstellt, auch darin enthalten? Und was passiert eigentlich mit den sich explosionsartig ausbreitenden Krankheitskosten infolge stark ansteigender

Herzinfarkte und psychischer Krankheiten, als Folge unserer Leistungsgesellschaft? Fragen über Fragen, aber keine Antworten! Ich bin sicher, dass sich gestandene Politiker und Unternehmer aus früheren Generationen im Grab umdrehen würden, wenn sie sehen würden, was heute läuft und was abgeht!

Oder ist irgendjemand von Ihnen, liebe Leserinnen und Leser, in der Lage, einem ganz normalen Installatör zu erklären, welche Motivation ein Manager noch hat, wenn er von Anfang an weiss, dass seine Abgangsentschädigung, welche er auf jeden Fall erhält, acht Millionen Franken beträgt?

Solche und die noch viel grösseren Spielchen dieser für mich ganz kleinen »Übermenschen« stinken doch zum Himmel und sind für jeden Aktionär einer Firma ein Schlag mitten ins Gesicht.

Und am Schluss stehen wir dann alle da und fragen uns mit geschwollenen Augenlidern und geröteten Wangen, wo denn jetzt plötzlich der ach so wichtige Mittelstand geblieben ist.

Apropos Himmel: Der Nachrichtensprecher im Radio hat soeben gesagt, dass die verantwortlichen Manager und Verwaltungsräte im Swissair-Prozess schweigen und zu den Vorfällen keine Aussagen machen werden. Da haben wir es doch! Die grossen Wirtschaftskapitäne sind plötzlich nur noch ganz kleine Matrosen! Und diese kleinen Matrosen sind genau so feige wie wir damals als kleine Kinder, als wir beim Spielen eine Scheibe eingeschlagen haben. Nur wurden wir damals bestraft und durften eine Zeit lang nicht mehr fernsehen!

In diesem Moment haut mich ein gewaltiges Rumpeln fast aus den Socken. Auf einem Lastwagen wird eine leere Schuttmulde angeliefert, und beim Überfahren der Entwässerungsrinne auf unserem Hausplatz entsteht dieser ohrenbetäubende Lärm. Der Fahrer kommt zu mir ins Büro, damit ich den Fuhrschein unterschreiben kann. Ich traue meinen Augen nicht, aber dieser Mensch hat ein Ohr, das blau blinkt! Ja, sie haben richtig gelesen, blau blinkt! Es blinkt zweimal kurz und dann ist Pause. Dann wieder zweimal kurz und wieder Pause und so weiter. So etwas habe ich noch nie gesehen. Ich begreife die Welt nicht mehr. Früher hat man doch versucht, die Hörgeräte möglichst für die anderen Leute unsichtbar zu montieren, und jetzt das! Er hat bemerkt, dass ich auf sein Ohr starre, und da sagt er nur:»Ach, das ist nur das Head-Set meines Mobiltelefons, damit ich während des Telefonierens beide Hände frei habe.« Da bin ich aber beruhigt. Er verlässt das Büro und fährt mit seinem Lastwagen und einer schwarzen Rauchwolke davon.

Mein Telefon auf dem Bürotisch klingelt und auf dem Display steht »unbekannter Anrufer«. Für mich haben solche Anrufe immer einen etwas anrüchigen Charakter, und ich frage mich ernsthaft, weshalb die Telefongesellschaften diese Art von »Versteckis« überhaupt gestatten. Da muss doch irgendjemand irgendetwas zu verbergen haben, wenn er oder sie seine Nummer unterdrücken muss. Dazu kommen auch noch all die Faxgeräte, die ebenfalls in diesem Modus umhertelefonieren. So kann es vorkommen, dass man den Hörer abhebt und es einem fürchterlich in die Ohren pfeift. Man hängt den Hörer wieder auf, und bereits nach zwei Minuten geht dieses Spiel von vorne los. Und dann noch einmal und noch einmal und noch einmal! Dann weiss man ganz genau, dass das Faxgerät am anderen Ende der Leitung eine programmierte Wahlwiederholung hat. Und weil das Ganze mit dieser blödsinnigen Rufnummerunterdrückung funktioniert, kann man nichts, aber auch gar nichts anderes machen, ausser das eigene Telefon auszuziehen. Dies habe ich übrigens höchstpersönlich bei meiner Telefongesellschaft abgeklärt, als dieses Spiel einmal morgens um zwei Uhr begonnen hat.

Ich hebe den Hörer nun trotzdem ab, und eine geschäftige Stimme meldet sich und verlangt den Geschäftsinhaber.»Dieser ist nicht da, kann ich ihm etwas ausrichten?«, frage ich den Herrn am anderen Ende freundlich. Dabei nehme ich im Hintergrund weitere Agenten wahr. Harsch sagt dieser Mann:»Es geht um

Aktien und Optionen, ich muss den Inhaber persönlich sprechen.« In diesem Moment wird es mir zu blöd. Ich verabschiede
mich und hänge den Hörer, ohne weitere Auskünfte zu geben,
auf. Diese Art von Geschäft ist ganz bestimmt nichts für mich.
Aber solche Machenschaften sind heute an der Tagesordnung. Da
wird gelogen und betrogen, dass sich die Balken nur so biegen. Ich
denke dabei auch an die dubiosen Rate-Anrufrunden bei gewissen Fernsehsendern und an Wettbewerbe renommierter Firmen,
bei welchen Hunderttausende gleicher Lose verteilt werden, damit
scheinbar jedermann ein Gewinner ist. Und genau genommen ist
jeder Ausverkauf auch so ein Spiel. Da kauft man sich ein Klei-
dungsstück oder sonst irgendeinen Artikel zum regulären Preis,
und genau einen Tag später soll dann derselbe Artikel nur noch
ein Bruchteil des gestern bezahlten Preises wert sein? Ich fühle
mich in solchen Momenten betrogen und weiss genau, dass ich
übers Ohr gehauen wurde. Für mich ist es in solchen Augenblicken
sonnenklar, dass der Preis, den ich bezahlt habe, ums Doppelte
zu hoch war. Einverstanden, bei einer normalen Kalkulation ist
ein kleiner Rabatt durchaus möglich und angebracht, aber auf gar
keinen Fall in obgenannten Dimensionen. Ich kenne viele Leute,
welche diejenigen Firmen meiden, die diese Hickhack-Preispolitik
anwenden, und einfach ganzjährig in diesen Geschäften einkaufen, wo das beste Preis-Leistungs-Verhältnis vorhanden ist.

Aber es gibt eben auch die andere Seite! Ich meine damit die-
nigen Mitbewohner unseres Planeten, die morgens um vier Uhr
vor einem Geschäft warten, nur um einen DVD-Player zum halben Preis zu ergattern. Wahnsinn! Und meistens handelt es sich
bei diesen»Super-Schnäppchen« nicht um Lebensmittel oder um
Dinge des täglichen Lebens, sondern um Güter, die auch den weniger Reichen ein Gefühl vermitteln, zu den ganz Grossen, welche
es geschafft haben, zu gehören.

Wasser, Wein und Sein

Ein interessanter Aspekt an meinem Job ist unter anderem auch der, dass er mit dem wichtigsten Lebensmittel überhaupt in Verbindung steht: dem Wasser. Es ist höchst komplex, das Verhalten der Menschheit gegenüber Wasser deuten und begreifen zu können.

Wasser ist Leben, Wasser ist Kraft und Wasser ist Macht – das war gestern so, das ist heute so und das wird auch morgen so sein. Oder ist es Zufall, dass Grosskonzerne auf der ganzen Welt mit Milliardenverträgen ganze Landstriche, in denen es genügend Wasser hat, zusammenkaufen? Ganz bestimmt nicht. Ich habe Ende letzter Woche eine SMS von meinem Freund Roger erhalten. Sie wissen schon, der aus Brisbane, Australien. »Schickt uns bitte Wasser!« Ich habe ganz einfach meinen Augen nicht getraut. Und: »Die ganzen Felder und Kulturen sind schon braun und werden verrecken!« Solche SMS tun weh und zeigen auf, wie schon heute die Realität in vielen Ländern ausschaut. Und in diesem ganz speziellen Fall aus Australien ist das Ganze für mich doch schon sehr greifbar. Wir kennen in unserem Land diese Probleme noch nicht und verhalten uns auch dementsprechend. Ich denke da zum Beispiel daran, wie wir das kostbare Nass in WC-Schüsseln oder beim Autowaschen, ohne weiterzudenken, verschwenden. Oder wie wir darüber fluchen, dass eintausend Liter dieses sauberen Trinkwassers zwei Franken kosten, oder wie ein grosser Teil von Betroffenen einer Wasserabstellung infolge Reparaturen am Leitungsnetz völlig ausflippt, wenn man ihnen für drei Stunden das Wasser abstellen muss. Oder jene Kundin, bei der nach einer Wasserabstellung beim Doppelwaschtisch im Bad das Neoperl-

Sieb durch Rost verstopft war. Sie hat mich nach Feierabend angerufen und mir in einem saumässigen Tonfall mitgeteilt, dass, wenn ich nicht sofort komme und den Schaden behebe, dies auf unsere Kosten durch eine andere Firma erledigt werde. Anzumerken ist dabei noch, dass ja der zweite Waschtisch voll und ganz funktionstüchtig war. Ich wünsche niemandem etwas Schlechtes, aber solche Leute sollen einmal so richtig Durst haben müssen. Wasser ist etwas Wunderbares, kann aber durchaus auch heimtückisch und gefährlich sein. Schon früh in meinem Leben musste ich das immer wieder erfahren. Da unser Elternhaus an der Aare liegt, haben wir nicht nur einmal miterlebt, wie Leute in den Wassermassen ums Leben gekommen sind. Und trotzdem geht vom Wasser immer wieder eine Faszination aus, die mit gar nichts anderem zu vergleichen ist. Was dabei auch nie aus den Augen verloren werden darf, sind all die Möglichkeiten, für was Wasser auch noch gebraucht werden kann. Ich denke dabei auch an die Energiegewinnung mit Wasserkraft- und Gezeitenkraftwerken. Viele Leute rechnen heute damit, dass, wenn zu diesen Möglichkeiten der Energiegewinnung auch noch die Sonnenenergie- und Windkraftwerke dazukommen, alle Energieprobleme gelöst sind und wir das Atomzeitalter endlich verlassen können. Das wird so bestimmt nicht funktionieren, das weiss ich ganz genau und widerspreche damit ganz bewusst diesen blauäugigen Politikern, welche uns etwas anderes vorgaukeln wollen.

Wir müssen unbedingt lernen, uns einzuschränken und den Energieverbrauch drastisch zu senken. Ansonsten werden diese alternativen Energiemodelle in keiner Art und Weise ausreichen, die Atomkraft ersetzen zu können. Auch bei den fossilen Energieträgern und Treibstoffen besteht grosser Handlungsbedarf. Da müsste man als Erstes wohl dieser Mafia, die, aus welchen Gründen auch immer, ökologisch wertvolle Ideen und alternative Modelle verhindert, auf die Füsse treten. Sonst wären heute bestimmt viel sparsamere und effizientere Autos und Heizungsanlagen zu bedeutend tieferen Preisen auf dem Markt. Zudem braucht es Lenkungsabgaben, die vor allem bei unsinnigen und ökologisch äusserst fragwürdigen Dummheiten, was das auch immer sein mag, im Geldbeutel richtig weh tun. Aber es gibt da ja noch ganz andere Gefahren, welche das Wasser betreffen: Gewässerverschmutzung, Zerstörung von Lebensräumen im Wasser und das Ausrotten von Lebewesen, die im Wasser leben. Es liegt auf der Hand, dass auch bei diesen Themen vor allem kommerzielle Gedanken und Gier die grösste Rolle spielen. Denn wenn einwandige Öltanker mit Billigarbeitskräften die Weltmeere kreuzen oder Fischerboote mit Schleppnetzen ganze Ozeane leerfischen, stecken bestimmt finanzielle Überlegungen dahinter. Und wenn dann auch noch touristische Aktivitäten dazukommen, ist der Kessel geflickt. Während meiner letzten Ferien in Sharm-el-Sheik konnte ich wunderbar beobachten, wie unvorsichtige Schnorchler ganze Korallenriffe zu Tode getrampelt haben. Man ist machtlos und geneigt zu sagen, dass dies wahrscheinlich das Ende der letzten Paradiese sein wird.

Es scheint so, als ob das Sprichwort »Wasser predigen und Wein trinken« aktueller ist denn je! Wein trinken – das tönt doch schon mal nicht schlecht. Es dürfte aber durchaus auch ein Bier sein. Ich überlege nur kurz, und schon weiss ich ganz genau, dass ich heute nach Feierabend die »Jungs« auf ein Feierabendbier einladen werde. Ich geniesse es nämlich immer wieder, mich mit meinen Mitarbeitern nach Arbeitsschluss auch privat noch kurz unterhalten zu können. Dabei kann man herrlich den Kopf frei machen und erfährt immer wieder Neues. Dazu kommt auch noch, dass die Kameradschaft im Team aufrechterhalten bleibt.

Ein kurzes Piepsen meines Computers reicht, um mir mitzuteilen, dass mein elektronischer Briefkasten mindestens eine neue Nachricht enthält. Ich öffne den entsprechenden Ordner und stelle fest, dass ich vor zwei Stunden an einer Bausitzung hätte sein sollen. Das Mail wurde mir heute Morgen zugesandt, als ich im Altersheim war. Ich hätte also gerade mal ein paar Stunden Zeit gehabt, um meinen ganzen Terminplan auf den Kopf zu stellen, um rechtzeitig an dieser Express-Sitzung teilnehmen zu können. Solche Sachen sind heute schon beinahe an der Tagesordnung. Früher hatte man nur das Telefon und die Post. Briefe und Pläne mussten also rechtzeitig versandt werden, sonst gab's Probleme, denn dazwischen lag ja immer auch noch der Postweg von ein bis zwei Tagen. Doch mit dem Fax und dem Computer hat sich das Ganze schlagartig geändert. Es ist nun rund um die Uhr möglich, Dokumente und ganze Pläne zu verschicken oder Bestellungen aufzugeben, und dies erst noch ganz ohne Zeitverlust. Dies erzeugt Stress, denn das Büro ist so eigentlich immer offen und man wird gezwungen, rasch oder sofort zu reagieren. Und doch verläuft das Ganze eigentlich noch halbwegs in geordneten Bahnen. Anders mit den Mobiltelefonen oder Handys. Diese kleinen Dinger, so praktisch sie auch sind, haben sehr viele Nachteile. Jetzt ist man wirklich immer und überall erreichbar, und viele Leute missbrauchen diese Tatsache gnadenlos. Da wird oftmals drauflos telefoniert, ohne dass vorher das Gehirn eingeschaltet wird. Und das kann für den Angerufenen sehr mühsam sein. Und doch ist das Handy schon heute ein einmaliges Kultobjekt. Einmalig? Ja genau, denn in der heutigen Zeit, wo immer alles grösser sein muss, ist es beim Handy genau umgekehrt. Die Besten in unserer Gesellschaft tragen scheinbar die kleinsten. Handys meine ich natürlich! Und doch ist es eindrücklich, was diese kleinen Dinger alles leisten können. Aber genau darin sehe ich auch eine nicht zu unterschätzende Gefahr. Viele dieser angebotenen Dienstleistungen und Extras sind sehr teuer und können so für Leute, die diesen Angeboten nicht widerstehen können, schnell zur Schuldenfalle werden. Es bleibt mir in diesem Moment also nichts anderes übrig, als diesem Architekten ebenfalls ein E-Mail zu senden und mich für meine Abwesenheit an der Bausitzung zu entschuldigen. Gesagt, getan, oder? Nein! Es ist doch viel schlauer, schneller und erst noch einfacher, ihn anzurufen und ihm meine Situation zu erklären. Und viel persönlicher ist diese Variante der Kommunikation auch noch. Ich wähle also seine Handynummer.

Es klingelt zweimal, dreimal und schon höre ich seine Stimme auf der anderen Seite. Ich entschuldige mich höflich für mein Fernbleiben an dieser Bausitzung. Ich höre kein Geräusch, gar nichts!»Hallo, sind Sie noch da?«, frage ich ihn, und mit erstaunter Stimme sagt er:»Sicher bin ich noch da, aber die Bausitzung war nicht heute, die ist erst übermorgen. Ich habe mich im Datum verhauen!«»Aha, dann ist ja alles halb so schlimm!« Wir verabschieden uns, und so ist auch mein schlechtes Gewissen wieder verschwunden. Oft macht mir mein schlechtes Gewissen echt zu schaffen. Immer dann, wenn ich weiss, dass ich etwas hätte besser machen können oder dass ich keine Erklärung für mein Verhalten habe, plagt es mich. Und dieses Gefühl kann mehrere Tage oder Wochen dauern. Manchmal müsste man einfach jene Sau sein, die in solchen Momenten keinen Anstand, keine Gefühle und absolut keinen Schmerz kennt. Aber dann wäre ich bestimmt nicht ich! Aber wer bin ich überhaupt? Ich glaube, mich muss man in zwei Sektoren einteilen. Einmal in den sichtbaren Roland und das andere Mal in den unsichtbaren Roland. Der sichtbare Teil von mir, meine Körpergrösse und mein Gewicht, ist recht eindrücklich. Der unsichtbare Teil von mir, mein Innerstes und somit der wahre Roland, ist sehr unsicher und sensibel. Diese beiden Gegensätze sind oftmals für mich selbst und auch für andere Menschen schwer zu begreifen. Denn wer erwartet schon hinter meiner Grösse von fast zwei Metern und einem Gewicht von weit über hundert Kilogramm diesen Schwächling, der lieber im Boden versinken würde als eine Rede vor Publikum zu halten, der Angst vor dem Zahnarzt hat oder der weint, wenn Gefühle weh tun. Entgegen allen Erwartungen bin ich eher scheu und hasse es förmlich, an öffentliche Veranstaltungen gehen zu müssen oder im Mittelpunkt zu stehen. Diejenigen, die mich gut kennen, wissen, dass ich in solchen Momenten stark an meiner Stirn schwitze. Manchmal habe ich fast ein wenig das Gefühl, an einem Minderwertigkeitskomplex zu leiden, den ich gelernt habe mit meinen Witzen und Bemerkungen gekonnt zu überspielen. Doch auch hier gibt's Ecken und Kanten, denn viele Leute begreifen und akzeptieren diese Art nicht und stempeln mich als arrogant und kaltschnäuzig ab. Und das bin ich weiss Gott nicht! Am liebsten bin ich deshalb zuhause oder bei meinen wenigen guten Freunden und Kollegen. Da spüre ich Geborgenheit und Sicherheit. Mein Perfektionismus und meine Pflichtbewusstheit plagen mich ab und zu auch ganz gehörig. Ich sitze lieber nach Feierabend nochmals eine Stunde in meinem Büro und korrigiere eine Arbeit, von der ich genau weiss, dass irgendetwas nicht in Ordnung ist, als dass ich mit dieser Bewusstheit in meinem Kopf nach Hause fahren würde. Auch meine Mitarbeiter können davon ein Lied singen. Schon oft habe ich veranlasst, dass eine bereits montierte Wasserleitung noch einmal demontiert wurde, um sie anschliessend nochmals, aber diesmal eben schön waagrecht, zu montieren. Auch Werte wie Ehrlichkeit und Freundlichkeit müssen bei mir eingehalten werden, sonst kann ich wirklich ungemütlich werden. Das musste vor kurzem auch ein Lehrling spüren, der mich einfach geduzt hat. Ins gleiche Kapitel gehört auch das Grüssen. Ich kann nicht ausstehen, wenn in unserem Betrieb nicht gegrüsst wird, dabei spielt es überhaupt keine Rolle, ob das Gegenüber ein Kunde, ein Mitarbeiter, ein Lehrling oder die Putzfrau ist. Für mich sind dies Werte des täglichen Lebens, die vor allem mit der Achtung des Gegenübers zu tun haben. Und wenn ich einmal das Geschäft verlassen werde, sei dies infolge Pensionierung oder Tod, hoffe ich, dass diese Werte von meinen Nachfolgern beibehalten und weitergelebt werden. Meine Einstellung zu diesen Werten hat auch rein gar nichts mit diesem »esoterischen Blödsinn« zu tun, welcher mir vor kurzem vorgeworfen wurde, als ich an einem ganz normalen Morgen im Internet mein Horoskop gelesen habe. Ich stehe dazu, dass mich esoterische Themen interessieren, und ich glaube auch daran. Ob dies nun Reiki, Kartenlesen, Pendeln oder eben auch Astrologie ist, solange man die Anwendungen kennt und diese auch bewusst einsetzt, kann man in meinen Augen nur davon profitieren. Dabei ist es so, dass, je mehr man übt und lernt, man umso besser wird. Und vielleicht bin ich ja irgendwann mal in der Lage, die Lottozahlen voraussagen zu können!?

Ich glaube auch an Gott und bin fest davon überzeugt, dass er uns hilft und uns nie alleine lässt. Ich akzeptiere aber ebenfalls andere Glaubensrichtungen, solange sie nicht in Fanatismus oder Krieg ausarten.

Ich nehme mein Mobiltelefon aus der Brusttasche meines blauen Hemds, denn nun muss ich unbedingt noch das Material für die Heizkesselauswechslung von nächster Woche bestellen.

»Es regnet!« Diese beiden Wörter und das Ausrufezeichen stehen auf der Anzeige meines Handys. Von wem diese SMS stammt, verrate ich an dieser Stelle nicht. Ich habe einfach nur Freude und weiss in diesem Moment genau, dass der liebe Gott seine Hände über unsere Freunde im fernen Land hält.

Die Nummer des Lieferanten kenne ich auswendig. Es geht nicht lange, und ein freundliches »Grüss Gott, was kann ich für Sie tun?« kommt mir entgegen. Bereits beim Bestellen des ersten Artikels bemerke ich, dass die Frau am anderen Ende der Leitung meiner Muttersprache, der Mundart, nicht gewachsen ist. Darauf angesprochen, sagt sie zu mir: »Ja, es stimmt! Ich bin Deutsche, könnten Sie bitte Hochdeutsch mit mir sprechen?« »Noch so gerne!«, antworte ich und fahre mit der Bestellung fort. Wenn ich bis jetzt noch nicht gelogen habe, jetzt habe ich es soeben getan. Es stört mich nämlich aufs Äusserste, dass ich, wenn ich in meiner Heimat in meiner Muttersprache kommuniziere, nicht verstanden werde. Dabei spielt es überhaupt keine Rolle, ob dies nun am Arbeitsplatz, beim Einkaufen oder ganz einfach in der Elternsprechstunde im Schulzimmer ist. Noch nie, aber auch wirklich nie, konnte ich im Ausland meine Muttersprache anwenden, sonst wäre ich bestimmt verhungert. Wir Schweizer passen uns ja so gerne an und bemerken dabei nicht einmal, dass wir zugleich auch noch entwaffnet werden. Oder haben Sie etwa die Zunahme von Fahrzeugen mit ausländischen Kennzeichen auf unseren Strassen nicht bemerkt? Nein, ich denke dabei nicht an diejenigen Fahrzeuge während der Hauptreisezeiten in den Ferien, sondern an diejenigen, die täglich anzutreffen sind. Viele dieser Tagespendler sind ausländische Arbeitskräfte, die uns das Leben schwer machen. Am letzten Samstagnachmittag habe ich nach Feierabend noch einen Kaffee in der nahe gelegenen Bäckerei getrunken. Auf einmal ging die Türe auf, und fünf solcher ausländisch sprechender Arbeiter in Überkleidern haben den Laden betreten. Jeder hat für sich dasjenige Brot eingekauft, welches ihm am besten schmeckt. Als dann die Verkäuferin an der Kasse gefragt hat, ob es sonst noch etwas sein darf, hat einer von ihnen lächelnd geantwortet:»Nein, danke! Wissen Sie, die Lebensmittel hier in der Schweiz sind viel zu teuer, diese haben wir von zuhause mitgebracht!« Recht hat er! Weiter so!

Zählen wir dann auch noch die Tatsache dazu, dass diese fünf einen ganzen Samstag lang zu bedeutend tieferen Löhnen als wir gearbeitet haben und dass sie wahrscheinlich in der Schweiz weder Steuern noch Sozialleistungen bezahlen, wird's für uns Schweizer kritisch. Aber nein doch, das ist doch überhaupt kein Problem! Wir sind ja, wie bereits angetönt, dieses reiche Land mitten in Europa, und zusammen mit unseren Gewerkschaften und Behörden sind wir doch viel stärker als alle anderen um uns herum.

Meine Materialbestellung für die Heizungssanierung ist abgeschlossen. Ich gebe noch die genaue Lieferadresse an und verabschiede mich. Ich höre meinen Bruder und die Sekretärin hinter meinem Rücken lachen. Ich weiss genau, warum und weshalb, denn ab und zu muss ich sogar selbst über meinen hochdeutschen Wortschatz lachen. So ist es schon vorgekommen, dass ich ganz unbewusst Wörter wie zum Beispiel»Gehüderschaufel« oder »linksumen« in Gesprächen mit deutschen Mitmenschen verwendet habe.

Draussen wird's allmählich dunkel, und im Radio beginnen soeben die Fünf-Uhr- Nachrichten. Der Arbeitstag dauert nun also noch genau eine viertel Stunde, und dann, ja dann genehmigen wir uns unser wohlverdientes Feierabendbier.

Schon seit längerer Zeit trage ich auf Anraten meiner Lebenspartnerin keine Armbanduhr mehr. Und wissen Sie was, es funktioniert bestens. Oft wurde ich früher durch das ewige Aufs-Handgelenk-Starren abgelenkt und zudem auch noch unter Druck gesetzt. Ich habe übrigens als Folge davon auch noch nie den Feierabend verpasst! Zudem sind sie ja überall, die Zeichen der Zeit: am Kirchturm, im Auto, im Computer und, wenn alle Stricke reissen sollten, auch in der Person einiger Mitarbeiter, welche es täglich aufs Neue schaffen, auf die Sekunde genau in den wohlverdienten Feierabend abzuhuschen. So auch heute. Im Minutentakt kommen die Geschäftsautos samt Personal zurück zur Werkstatt. Ich bin immer heilfroh, wenn alles glatt gelaufen ist und keine Unfälle passiert sind. Ich lösche das Licht im Büro und schliesse die Türe zu. Zu Fuss machen wir uns alle zusammen auf den Weg ins nahe gelegene Restaurant. Der Verkehr auf der Strasse steht still. Nichts geht mehr! Wahrscheinlich hat es auf der Autobahn wieder einmal gekracht, und als Folge von »Autobahn-Flucht« vieler Autofahrer sind nun auch alle Neben- und Hauptstrassen ausweglos überlastet. Der Egoismus vieler dieser Autofahrer, die schmale Brücke über die Aare und auch die unübersichtliche Kreuzung oberhalb unserer Werkstatt tragen das Nötige zu diesem Stau bei. In solchen Momenten würde ein Kurzeinsatz eines Polizisten, auf eben dieser Kreuzung, wahre Wunder bewirken. Dies ist aber anscheinend auch heute nicht möglich oder aber logistisch viel zu anspruchsvoll! Da ist es doch viel einfacher und einträglicher, eine Verkehrskontrolle zu koordinieren. Mit dem Bewusstsein, dass es heute Abend bedeutend einfacher ist, zu einem Bier zu kommen, als auf ein Wunder zu warten, betreten wir das Lokal. Der erste Schluck ist immer der beste, und dies ist auch heute so. Der Jüngste in der Runde hat wieder einmal seine schwachen fünf Minuten. Er erzählt Witze entlang der Gürtellinie oder sogar leicht darunter. Es wird herzhaft gelacht. Bei einigen Witzen frage ich mich ernsthaft, wem denn eigentlich solcher Blödsinn überhaupt in den Sinn kommt. Aber manchmal werden in unserer Runde auch ganz ernsthafte Sachen diskutiert, bei denen es dann durchaus laut zu und her gehen kann. Dies ist meistens dann der Fall, wenn Emotionen mit im Spiel sind und der Alkohol bereits leicht seine Wirkung zeigt. Ich erinnere mich zum Beispiel an eine Diskussion über Versicherungen und Renten, bei welcher sich zwei Mitarbeiter sogar in die Haare geraten sind. Dieses Thema trägt eine grosse Menge Zündstoff in sich, ist ein Buch mit sieben Siegeln und hat erst noch mit sehr viel Geld zu tun. Unserem Geld. Dabei spielt es überhaupt keine Rolle, ob es sich um die AHV, die IV, die Arbeitslosenversicherung oder auch um die Pensionskassen handelt. Tatsache ist einfach, dass von jedem Franken, den wir verdienen, etwa zwanzig Rappen sofort in diese Institutionen fliessen. Dazu kommt dann noch einmal derselbe Betrag, der von der Firma bezahlt wird. Grund genug also, auch darauf zu achten, was eigentlich mit all diesen Geldern passiert. Das Ganze beginnt schon bei den Verwaltungskosten. Immer wieder hört man von unverschämten Verwaltern, die den Hals nicht voll genug bekommen können. Was auch niemals aus den Augen verloren werden darf, sind die unterdessen horrenden Summen an Geldern, die an Leute ins Ausland bezahlt werden. Dieses Geld ist für immer verloren, weil es nicht in der Schweiz ausgegeben wird und so nicht mehr in Umlauf kommt. Man müsste auch viel unzimperlicher mit schwarzen Schafen umgehen, die unsere Sozialwerke ausnützen und die einfach nur zu faul sind, um arbeiten zu gehen. Dies war übrigens auch der Streitpunkt, bei welchem sich die beiden Mitarbeiter in die Haare geraten sind. In meinen Augen müssten alle volljährigen Leute, die irgendwelche Leistungen aus Sozialwerken beziehen, ausgenommen davon sind natürlich die AHV-Bezüger, mindestens sechs Stunden am Tag irgendetwas für die Allgemeinheit machen. Ich denke da zum Beispiel an den arbeitslosen jungen Mann, der mithelfen könnte, die Wälder zu putzen, oder an die Frau mit Rückenproblemen, welche zum Beispiel im Altersheim einfach mit alten Leuten einen Kaffee trinken und mit ihnen ein wenig reden könnte. Die Vorteile liegen auf der Hand: die Zufriedenheit, etwas Sinnvolles zu tun, zu wissen, dass man für das Geld, das man von der Allgemeinheit erhält, arbeitet, und nicht zuletzt auch die Tatsache, dass man am Abend müde zu Bett gehen kann. Leider sind wir von dieser wirkungsvollen, aber sozialverträglichen Praxis weit entfernt. In solchen Fällen müssten viel mehr Impulse von unseren Politikern ausgehen, aber eben, solche Themen sind natürlich unpopulär. Man könnte sich dabei ja die Finger verbrennen oder bei den nächsten Wahlen ein paar Stimmen verlieren. In diesen Momenten heisst die Devise vieler Politiker:»Das tuet doch weh!« Aber genau mit dieser Einstellung kann niemand auf dieser Welt etwas ändern und schon gar nicht Verantwortung übernehmen. Diese so wichtige Verantwortung. Dazu gehört übrigens auch Eigenverantwortung, und dieses Wort betrifft uns alle. Wenn ich etwas sehe, wo ich mir ganz sicher bin, dass etwas nicht mit rechten Dingen vor sich geht oder dass jemand geschädigt wird, schreite ich ein. Ganz egal, ob dies nun den Umweltschutz, den Tierschutz, das Arbeits- oder Versicherungsgesetz, den Strassenverkehr oder sonst etwas betrifft. Als Erstes mache ich in solchen Situationen ein Foto von dieser Böswilligkeit. Wenn ich genügend Zeit habe, spreche ich den Fehlbaren direkt an, in der Hoffnung, dass dieser etwas dabei lernt und dies ein Einzelfall war. Weiter passiert nichts. Und wenn ich nicht genügend Zeit habe oder es mir zu gefährlich erscheint, schalte ich direkt die Behörden oder die Polizei ein. An dieser Stelle muss aber festgehalten werden, dass ich kein Spitzel bin und auch keinerlei Streitereien suche. Schon aus diesem Grund nicht, weil ich mit Leib und Seele Unternehmer bin. Aber meiner Verantwortung bin ich mir bewusst!

Ich bin mir auch dieser Verantwortung bewusst, dass meine Mitarbeiter nicht vor leeren Gläsern sitzen müssen. Also bestellen wir bei der Serviertochter noch eine zweite Runde.

Die Serviertochter ist eine junge Frau, die ihren Beruf bestimmt nicht von Grund auf gelernt hat. Dies kann man unter anderem daran erkennen, dass sie einen sehr unsicheren Eindruck macht, wenn sie das Tablett mit den Getränken auf den Tisch stellt, und dass sie die Aschenbecher nicht leert. Und dies, obwohl sie genügend Zeit hätte, denn ausser uns Installatören und einem alten Mann ist im Moment kein Mensch im Lokal anwesend. Wahrscheinlich ist der Stau auf der Strasse vor dem Restaurant daran schuld, dass die Gäste ausbleiben. Oder etwa doch nicht? Böse Geister behaupten, dass seit der Einführung der neuen, tieferen Promillegrenze der Wurm drin ist. Und ich denke, dass die Leute gar nicht mehr genug Geld im Sack haben, um nach Feierabend auch noch ins Restaurant gehen zu können. Ausser vielleicht am Freitagabend, um das Wochenende einzuläuten. Kleine Rechnung gefällig? Die meisten Leute, die nach Feierabend an den Stammtisch gehen, sind Raucher. Kostenpunkt: zehn Franken pro Tag. Bauarbeiter fahren in der Regel um neun Uhr auf ein oder zwei Kaffee mit Sandwich ins Restaurant zum Znüni. Kostenpunkt: auch zehn Franken pro Tag. Macht nach Adam Riese über fünfhundert Franken pro Monat. Damit ist bestimmt ein grosser Teil des zur Verfügung stehenden Sackgelds bereits aufgebraucht. Und in dieser Rechnung ist überhaupt kein Feierabend-Bier mit eingerechnet. Auch viele Firmen sind heute nicht mehr einfach so bereit, teure Geschäftsessen und Kundenanlässe zu finanzieren, sondern bezahlen ihren Mitarbeitern nur noch Pauschalspesen. Dasselbe gilt übrigens auch für die Geschäftsautos und für die persönliche Weiterbildung.

Oftmals sind die Wirte aber auch mitschuldig am ganzen Schlamassel, in welchem die Gastro-Branche zurzeit drinsteckt. Schon etliche Male habe ich mich zum Beispiel über die Weinpreise geärgert. Da kostet ein kalifornischer Rotwein beim Grossverteiler knapp acht Franken, und im Restaurant muss man als Kunde weit über vierzig Franken für den genau gleichen Wein hinblättern. In solchen Fällen muss dann die Ausschanktemperatur des Weines aufs Grad stimmen, und die Serviertochter muss ihr Handwerk beherrschen. Ansonsten fühle ich mich ganz einfach übers Ohr gehauen. Dasselbe gilt übrigens auch für eine Flasche Bier, die heutzutage ebenfalls mehr als fünf Franken kostet.

Zum Handwerk-Beherrschen gehört für mich auch Sauberkeit, Freundlichkeit und das Arbeitstempo. Sonst passiert genau das, was mir beim letzten Geschäftsessen mit einem Kunden in einem renommierten Lokal passiert ist. Wir haben beide ein gleiches Stück Fleisch bestellt, aber mit unterschiedlichen Beilagen dazu. Als nach langer Zeit endlich die Teller gebracht wurden, waren die Beilagen identisch. Ich machte die Serviertochter darauf aufmerksam, dass etwas nicht stimmt, und trotzdem hat sie die Teller einfach hingestellt. Dazu hat sie in harschem Ton abgestritten, dass wir unterschiedliche Beilagen bestellt haben. Wir sind also die Schuldigen und erst noch unfähig, richtig zu bestellen. Wir haben uns nur noch angeschaut und die Welt nicht mehr begriffen. Solche Vorfälle dürfen in einem Lokal mit diesem Preisniveau ganz einfach nicht passieren. Da nützen auch die schönen Worte des Wirtes beim Verabschieden nichts mehr. Und irgendwie war dieses Mittagessen bezeichnend dafür, wie's zurzeit vielerorts abläuft. Oder kurz gesagt, viele Wirte haben ihre Hausaufgaben nicht oder nur ungenügend gemacht. Und genau hier setzen die ach so verpönten Schnellimbisse an. Das Ganze beginnt bereits, wenn man das Lokal oder nennen wir es salopp die »Kebap-Bude« betritt. Die familiäre Stimmung im Lokal und ein freundliches, leicht türkisch akzentuiertes »Hallo«, welches aus allen Ecken ertönt, fällt einem sofort auf. Die Küche ist absolut offen und transparent gestaltet und zwingt das Personal, gepflegt aufzutreten und äusserst sauber zu arbeiten. Dies sieht man auch an den schön vorbereiteten und präsentierten Salaten und den Desserts in der Kühlvitrine. Beim Bestellen an der Theke kann ich aus einer riesengrossen Auswahl auslesen und habe sogar die Möglichkeit, ohne Aufpreis eine Beilage zu wechseln oder auszulassen. Man fühlt sich ernst genommen und vor allem: Man ist Gast!

Und die Tatsache, dass das Preis-Leistungs-Verhältnis absolut in Ordnung ist und man vom Wirt sogar ab und zu einen Gratis-Kaffee spendiert bekommt, muss man an dieser Stelle ja nicht unbedingt erwähnen. Ich erkundige mich bei meinen Kollegen, ob sie noch etwas trinken möchten. Ein eindeutiges »Nein« ist auszumachen, und so bezahle ich die Rechnung. Dann machen wir uns gemeinsam auf den Heimweg. Doch bevor ich ins Auto einsteige, mache ich noch meinen obligaten Rundgang durch die Werkstatt, um zu kontrollieren, dass alle Gashahnen geschlossen, die Elektro-Hauptschalter ausgeschaltet und die Fenster und Türen verriegelt sind. Jetzt, genau in diesem Moment, wo ich ganz allein zwischen den Maschinen und Werkbänken hindurch gehe, spüre ich genau, dass mein Grossvater wieder bei mir ist. Wie jedes Mal machen wir auch heute einen kurzen Zwischenhalt vor seiner total vergilbten Todesanzeige, welche schon Jahrzehnte am Anschlagbrett bei der Treppe hängt. Was haben wir zusammen alles erlebt! Ich bekam von ihm mein erstes »Läkerol«, er hat mir all die runden Ecken gezeigt, die ich beim Wischen der Werkstatt zurückgelassen habe, wir haben zusammen Petrol vom Fass in Flaschen abgefüllt und mit ihm bin ich das erste Mal in meinem Leben Mercedes gefahren. Es war eine herrliche und äusserst interessante Zeit, die ich niemals vermissen möchte. Ich verabschiede mich von ihm und verlasse die Werkstatt durch den Hinterausgang. Ich laufe strassenseitig um das Gebäude herum und dann der Stützmauer entlang in Richtung Auto. Dabei habe ich immer höllisch Angst, von heranbrausenden Autos überfahren zu werden.

Denn wenn ich manchmal sehe, welch gehirnamputierte Menschen auf unseren Strassen unterwegs sind, ist diese Angst durchaus berechtigt. Das Schlimme daran ist ja, dass diese Menschen mit ihrer kopflosen Fahrerei andere gefährden und umbringen. Und diese anderen sind meistens diejenigen, welche überhaupt nichts dafür können und einfach im falschen Moment am falschen Ort sind. Wie oft habe ich auf der Autobahn schon den

Kopf geschüttelt, als mich ein Sportwagen bei starkem Regen oder bei Nebel mit fast zweihundert Sachen überholt hat! Oder wie oft habe ich bei Überholmanövern anderer schon die Augen geschlossen oder mich auf ein Ausweichmanöver in ein Feld vorbereitet! Zugegeben, ich habe in den letzten zwanzig Jahren, in denen ich selber Auto fahre, auch schon viele Fehler gemacht und schon oft Glück gehabt. Und bei Ihnen ist das bestimmt auch so! Aber diese Fehler haben nichts mit dieser in Kauf genommenen Grobfahrlässigkeit zu tun, mit der immer mehr Lenker ihren Frust vom Arbeitsplatz oder von irgendetwas anderem abbauen. In solchen Momenten müsste an unseren Autos, hinten und vorne, eine Kamera eingebaut sein, die man für dreissig Sekunden auf Knopfdruck am Lenkrad einschalten könnte. Dieser Videobeweis, respektive die Strafen, die aufgrund dieses Kurzfilms ausgesprochen werden könnten, würde viele dieser Raser zum Schwitzen bringen. Aber diese Strafen müssten brutal sein und auch gnadenlos umgesetzt werden. Nein, nicht einfach nur hohe Bussen, denn Geld ist bekanntlich in diesen Momenten ein schlechter Ratgeber. Ich denke dabei an Führerausweisentzug, mit Beschlagnahmung des Fahrzeugs, für mindestens ein Jahr! Dasselbe müsste übrigens ebenfalls bei Geschwindigkeitsübertretungen von mehr als vierzig Stundenkilometern gemacht werden. Aber nein, heutzutage macht man doch ein psychologisches Gutachten des Fahrers und stellt dabei fest, dass dieser unter schwierigen Bedingungen aufgewachsen ist. Dies wirkt sich dann strafmildernd aus, und das Gerichtsurteil wird zu einer Lachnummer. Ein weiteres Problem ist der Alkohol. Ich kenne viele Alkoholiker, die täglich mit dem Auto auf den Strassen in den umliegenden Dörfern unterwegs sind. Das Traurige daran ist nur, dass die Polizei von diesen bedauernswerten Menschen weiss, aber aus welchen Gründen auch immer nichts gegen sie unternimmt. Ich will auch an dieser Stelle niemandem zu nahe treten, aber in meinen Augen ist das a) fahrlässig, b) ungerecht und c) strafbar.

Feierabend

Unterdessen bin ich bei meinem Auto angelangt. Ich steige ein und fahre nach Hause. Endlich Feierabend! Ich freue mich riesig auf die warme Dusche und auf das feine Nachtessen. Ich weiss, und Sie haben natürlich vollkommen recht, es ist wirklich nicht gesund, zu später Stunde noch viel zu essen, aber heute darf ich das, weil ich ja während des Mittagessens zu diesem Notfall mit dem Spülkasten gerufen wurde. Sie wissen schon!

Und doch, ich gehöre tatsächlich auch zu jenen Menschen, die sofort einen Bierbauch kriegen, wenn sie nur eine Bremsspur eines Bier-Lastwagens auf der Strasse entdecken. Gerade aus diesem Grund achte ich eigentlich schon auf meine Ernährung und darauf, dass ich genügend Bewegung habe. Man will ja schliesslich halbwegs gesund bleiben und nicht schon im Alter von fünfzig Jahren ein Wrack sein. Das sehen aber viele Leute heute nicht mehr so. Denen ist es schlichtweg egal, was sie ihrem Körper antun und wie es mit der Gesundheit aussieht. Ich kenne da zum Beispiel vierzigjährige Raucher, die bei jedem Atemzug pfeifen und trotzdem zwei Pakete Zigaretten täglich rauchen. An dieser Stelle muss ich anmerken, dass ich früher auch ein starker Raucher war und rein gar nichts gegen Raucher habe! Trotzdem kann ich das Verhalten dieser Menschen nicht verstehen, denn wenn ich feststelle, dass ich mit dem Auto gegen eine Wand fahre, bremse ich doch auch rechtzeitig. Dies gilt in meinen Augen auch sinngemäss für den Konsum von Alkohol und anderen Drogen. Aber was soll's, wir sind ja alles volljährige, mündige Menschen, die wissen, was sich gehört, und denen man keine Vorschriften mehr zu machen hat. Und trotzdem werden viele von uns im

Schadenfall ganz klein. Dies passiert zum Beispiel dann, wenn der Arzt eine niederschmetternde Diagnose stellt, wenn juristische oder finanzielle Probleme aufgetaucht sind oder wenn sich die grosse Liebe, zusammen mit allem Geld, verabschiedet hat. In solchen Momenten wären alle sofort bereit, das Rad der Zeit zurückzudrehen und nochmals von vorne anzufangen. Aber dann ist der Zug meistens schon abgefahren. Das Einzige, was dann noch bleibt, ist, das Beste aus der Situation zu machen und daraus seine Lehren zu ziehen. Letzteres ist sehr wichtig, denn es gibt in meinen Augen wirklich nichts Blöderes im Leben, als denselben Fehler zweimal zu machen. Aber auch das soll es ja bekanntlich geben. Schlimm wird es meiner Ansicht nach dann, wenn auch andere Beteiligte unter einem solchen Vorfall zu leiden haben. Ich denke dabei gerade an eine gut funktionierende Firma, in welcher keine Lösung für die Geschäftsnachfolge gefunden werden konnte. Ein Mitglied der Geschäftsleitung hat daraufhin den Betrieb verlassen. Sein Know-how und viele seiner Geschäftsbeziehungen zu anderen Firmen waren dadurch für immer verloren. Die Leidtragenden in diesem Fall waren übrigens die Mitarbeiter, die lange Zeit grosse Angst hatten, ihren Arbeitsplatz zu verlieren. Und doch dreht sich das Rad immer irgendwie weiter und bringt Veränderungen mit sich, welche sonst bestimmt nicht in dieser Form stattfinden würden.

Eine solche Veränderung ist mit mir jetzt auch gerade passiert, denn ich stehe splitternackt unter der Dusche. Es tut so gut, das warme Wasser zu spüren und einfach einen Moment für mich allein zu sein. Ich brauche das ab und zu, denn in diesen Momenten kann ich viele Gedanken loslassen und die verbleibenden richtig einordnen.

Ich trockne mich ab und verlasse das Badezimmer. Ein herrlicher Duft kommt mir entgegen und in diesem Moment weiss ich, dass der heutige Abend gerettet ist. Es duftet nach Käse-Fondue. Schlagartig, und immer noch nackt, eile ich die Treppe hinunter, hole eine Flasche Weisswein aus unserer Besenkammer hervor und lege sie ins Gefrierfach des Kühlschranks. Ich gehe wieder die Treppe hoch und ziehe mich an. Kurze Zeit später sitzen wir »rührend und Fäden ziehend« vor der Fonduepfanne und geniessen das frische Fondue, das aus der Käserei im Nachbardorf stammt. Hier spürt man jetzt den Unterschied zu einem Fertig-Fondue vom Grossverteiler ganz klar und eindeutig. Dies muss auch so sein, denn schliesslich ist dieses Fondue auch etwa zwanzig Prozent teurer. Aber oftmals ist in der heutigen Zeit ein teureres Produkt nicht mehr unbedingt besser. Auch in unserem Beruf ist dies der Fall und wird leider immer mehr zur Regel. Lange Zeit wollte ich diese Tatsache nicht wahrhaben, aber es ist so. Die Gründe dafür sind vielfältig. Da haben einige Firmen so genannte »Monopolstellungen« im Markt und halten so ihre hohen Margen aufrecht. Doch dann, wie aus heiterem Himmel, kommt plötzlich eine innovative Firma auf den Markt, produziert sogar noch bessere Produkte, auf modernere Art und Weise, und schon ist es passiert. Ein ebenfalls eindrückliches Beispiel dafür sind die so genannten Re-Importe. Da produziert ein Schweizer Hersteller Armaturen für den Markt in Deutschland. Weil aber der Marktpreis in Deutschland wesentlich tiefer ist als bei uns in der Schweiz, lohnt es sich für die Händler, die Armaturen wieder aus Deutschland zurück in die Schweiz zu importieren. Dadurch ist die genau gleiche Armatur plötzlich zwanzig Prozent billiger als die in der Schweiz eingekaufte. Dies passiert natürlich nicht nur mit Sanitärarmaturen, sondern auch mit vielen Produkten des täglichen Bedarfs. Da ist zum Beispiel das Marken-Olivenöl aus Griechenland oder die Marken-Schokolade aus Holland, bei uns rund dreimal teurer als in Deutschland. In solchen Momenten bekomme ich eine Krise und fühle mich als Konsument betrogen. Da begreift man plötzlich auch, weshalb Familien am Samstag jenseits der Schweizer Grenze einkaufen. Jetzt brauche ich aber unbedingt einen grossen Schluck Weisswein. Der Wein ist übrigens ein Johannisberg aus dem Wallis. Nach dem Essen sitzen wir alle zusammen noch eine Weile am Tisch und diskutieren über den zu Ende gehenden Tag. Dabei fällt mir auf, dass die beiden Themen Arbeitsstelle und Geld mit Abstand das höchste Gewicht in dieser angeregten Runde haben. Und trotzdem können wir herzhaft lachen, als die jüngste Tochter meiner Lebenspartnerin Geschichten aus der Gewerbeschule erzählt. Dabei fällt mir auf, dass es bei den Coiffeurlehrlingen etwa ähnlich zu und her gehen muss wie bei unseren Installatörlehrlingen. Nach dem Abräumen des Geschirrs setzen wir uns mit einem feinen Kaffee vor den Fernseher und zünden auch gleich noch unsere Wasserpfeife aus Ägypten an. Das Ganze hat irgendwie einen rituellen Charakter und duftet herrlich nach der ausgewählten Fruchtnote des Tabaks. Zum heutigen Dienstagskrimi haben wir uns für Mango entschieden. Es tut einfach gut, nach einem turbulenten Arbeitstag den Geist und den Körper auf diese Weise hinunterfahren zu können. Und dies erst noch entgegen allen Kritiken, dem Tabak und dem Fernsehen gegenüber. Ich glaube den Mörder zu kennen und nenne dessen Name. Dies ist aber ein Fehler, denn ich habe eine Kleinigkeit übersehen. Und so stelle ich wie jeden Dienstag fest, dass ich wahrscheinlich mit dem Beruf des Installatörs doch die richtige Wahl getroffen habe.

Nach der Werbung beginnt die bekannte Konsumentensendung, von der ich eine zweigeteilte Meinung habe. Auf der einen Seite ist es absolut richtig, dass Firmen und Produkte, welche negativ auffallen oder qualitativ ungenügend sind, beim Namen genannt werden. Auf der anderen Seite habe ich aber grosse Mühe damit, wenn dann die Fehlbaren vor die Kamera eingeladen werden und an dieser Stelle praktisch nie zu Wort kommen oder ständig von den Moderatoren unterbrochen werden. In der heutigen Sendung werden wieder einmal Warenkörbe der Grossverteiler auf die Preise überprüft. Das Resultat ist eindeutig, und derjenige Grossverteiler mit den meisten Eigenprodukten hat wieder mal die Nase vorne. Ist ja eigentlich ganz logisch, oder? Denn die Herstellungskosten von Produkten in eigenen Betrieben sind halt immer noch die tiefsten. Und dann wird's kriminell! Es werden Bobschlitten auf Herz und Nieren getestet und dabei kommt heraus, dass einige Hersteller scheinbar wirklich sehr fragwürdige und gefährliche Produkte haben, welche gar nicht verkauft werden sollten. Dies ist eigentlich zum Heulen, aber ich muss lachen. Weshalb? Weil ich jetzt, gegen Bezahlung natürlich, eine SMS mit dem Wort Bob an eine Zielnummer senden kann, um kurz darauf eine Liste mit den drei besten Bobs im Test auf mein Handy zu erhalten. Ich finde solche Übungen einfach lustig. Ich gehe in die Küche und hole mir nochmals einen Kaffee. Während ich den Kaffee zubereite, wechseln meine lieben Mitmenschen natürlich den Fernsehsender, und bei meiner Rückkehr ins Wohnzimmer bin ich mit der x-ten Staffel von DSDS konfrontiert. Was, Sie wissen nicht, was DSDS bedeutet? Das ist die Abkürzung für Deutschland Sucht Den Superstar. Da sind junge Menschen am Werk, die krampfhaft versuchen, mit ihren Gesangskünsten eine grosse Karriere zu starten und reich zu werden. Ihnen gegenüber steht eine dreiköpfige Jury, die mit Kritik und blöden Bemerkungen nur so um sich wirft. Vermutlich begreife ich die Spielregeln nicht ganz genau, denn ab und zu kann ich nicht verstehen, was hier genau passiert. Manchmal ist es einfach lustig, manchmal ist es einfach primitiv, und manchmal ist es ganz einfach brutal. So wie das richtige Leben halt auch! Und genau das wollen die Leute ja sehen. Glücklicherweise hört in diesem Moment die Wasserpfeife zu rauchen auf und gibt mir so die Möglichkeit, mich von dieser Mega-Sendung zu verabschieden. Ich verlasse das Wohnzimmer und gehe die Treppe hoch ins Badezimmer, wo ich mir ganz gemütlich, aber sehr gründlich die Zähne putze. Danach öffne ich das Schlafzimmerfenster einen Spalt weit und hüpfe in die Federn respektive aufs Wasser. Sie wissen ja, wir schlafen in einem Wasserbett. Wieder schaue ich in die Dunkelheit, die vom Radiowecker grünlich gefärbt wird. An dieser Stelle läuft der ganze Tag noch einmal als Kurzfilm vor meinen Augen ab. Ich sehe diese dankbare Frau im Altersheim, den anfänglich schwierigen Kunden in seinem Badezimmer und auch die Metalldiebe vor unserer Werkstatt. Ich spüre dabei genau, wie sich die Müdigkeit in mir verabschiedet. Ich bin wieder hellwach und voll da. Es ist doch nicht etwa schon wieder Vollmond? Sie glauben gar nicht, wie gut ich den Vollmond spüre. In den Tagen davor schlafe ich sehr schlecht und unruhig. Ab und zu ist es richtig grausam. Und zwar nicht nur für mich, sondern auch für alle anderen um mich herum. In solchen Nächten habe ich meine Gedanken überhaupt nicht im Griff. Da kommen immer irgendwelche Fragen in mir auf, und ohne dass ich es will, suche ich dann krampfhaft nach passenden Antworten und Lösungen. Es kann aber auch sein, dass ich einfach nur so vor mich her philosophiere. Ich habe dabei auch schon daran gedacht, alles stehen zu lassen und nach Australien auszuwandern. Und dann kommen eben genau diese Fragen: Was würde dabei mit mir passieren? Wäre ich der ganzen Sache gewachsen? Was würden meine Familie und die wenigen echten Freunde dazu sagen? Was würde mit dem Geschäft passieren? Fragen über Fragen und dazwischen ganz einfach Bilder und Eindrücke von vergangenen Reisen. Meine Mutter hat mir im letzten Jahr einen Engel-Kalender geschenkt, und am sechsten Oktober stand auf dem Abreisszettel folgender Satz:»Das Sterben ist nichts ungewöhnlich Neues für die Seele, es ist nur ein sehr nachdrücklicher Phasenwechsel, wie es eine Auswanderung nach Australien auch wäre.« Dieser Satz hat mich voll in meinem Innersten getroffen. Aber er ist wahr! Genau dann muss man sich nämlich von allem Liebgewonnenen trennen. Und Loslassen ist nun einmal ein schmerzhafter Prozess. Aber vielleicht würde es sich ja lohnen, für Australien das eine oder andere aufzugeben und zu»sterben«.

Realitäten

Aber noch lebe ich ja und gar nicht so schlecht, wie Sie vielleicht denken. Ich bin gesund, ich habe zwei tolle Söhne, ich habe einen interessanten Job und ich habe genug zu essen und zu trinken. Und für diese Werte lohnt es sich doch, täglich mein Bestes zu geben. Dabei spüre ich allerdings eine grosse Zunahme von negativer Energie in meinem Umfeld, die in neun von zehn Fällen von Menschen ausgeht. Zuerst habe ich gedacht, dass ich mir das Ganze nur einbilde, aber dem ist nicht so. Ich frage mich oft: »Weshalb mache ich eigentlich das, was ich mache?« Diese Frage hat es in sich! Denn darin sind gleich zwei verschiedene Aspekte enthalten. Zum einen sind es die Gedanken, die mich begleiten, wenn ich etwas mache, und zum anderen ist es das eigentliche Tun als solches. Dadurch entstehen verschiedene Möglichkeiten. Ich kann zum Beispiel in guter Absicht jemandem etwas Gutes tun, ich kann aber auch in böser Absicht jemandem etwas Gutes tun. Es ist aber auch möglich, in guter Absicht etwas Böses zu machen oder, das Allerschlimmste, in böser Absicht etwas Böses zu machen. Wir Menschen entscheiden, wie und was wir jeden Tag machen. Dabei spielt es eigentlich gar keine Rolle, was man macht, wichtig ist einfach nur, dass eine gute Absicht dahintersteckt. Schlimm und zerstörerisch wird es in diesen Momenten, wo sich negative Gefühle wie Neid, Hass oder auch Eifersucht einschleichen. Wir alle müssen täglich an uns arbeiten und verhindern, dass solche Waffen gar nicht erst eingesetzt werden. Dadurch könnte man beinahe das Wort »Entschuldigung« aus unserem Wortschatz löschen, und das Leben wäre bestimmt viel lebenswerter. Ein weiteres Problem ist das Lügen. Oftmals wird Lügen auch mit Schwindeln verwechselt. In meinen Augen ist das aber nicht dasselbe. Als Kind habe ich ab und zu geschwindelt und gesagt, dass ich die Zähne geputzt habe, obwohl dies gar nicht der Fall war. Einfach deshalb, damit ich bei meinen Eltern einen Stein im Brett hatte. Die Eltern haben aber ihrerseits ebenfalls geschwindelt, denn sonst hätte ich bestimmt als Sechsjähriger gewusst, dass es den Samichlaus nicht gibt! Solche Schwindeleien sind gar kein Problem, weil keine Bösartigkeit dahintersteckt und niemand dabei zu Schaden kommt. Aber sobald eine Schwindelei eine Tragweite bekommt, die nicht mehr kontrolliert werden kann oder die für andere Leute zu einem Problem wird, spricht man von Lüge. Lügen sind in unserer Welt an der Tagesordnung, und es wird gelogen, dass sich die Balken nur so biegen. Irgendwie ist es schade, mit dieser Tatsache leben zu müssen, und doch ist es gar nicht so schlimm, weil man ja weiss, dass man ab und zu angelogen wird, und man sich daher darauf vorbereiten kann. Für mich ist es immer schlimm, wenn ich von jemandem belogen werde, von dem ich es unter keinen Umständen erwartet hätte. Damit meine ich nicht die Politiker, auch nicht Kunden oder Lieferanten, sondern Mitarbeiter und Familienmitglieder. Das Problem dabei ist dieses, dass es sich dabei um diejenigen Leute handelt, auf die ich mich blind verlassen können möchte. Und falls ich doch einmal aus meinen eigenen Reihen belogen werden sollte, hätte dies wahrscheinlich weit reichende Konsequenzen. Ich hätte doch keine ruhige Minute mehr, wenn ich wüsste, dass mein Bruder oder der Servicemonteur lügt. Aber weshalb lügen wir eigentlich? Die Gründe dafür sind vielfältig. Der Hauptgrund wird sein, dass kein Mensch gerne seine Fehler und Schwächen zugibt. Das ist irgendwie auch verständlich, weil man damit zeigt, dass man nicht vollkommen ist. Aber wer ist das schon? Ein weiterer Grund liegt darin, dass wir gerne besser sein möchten, als wir eigentlich sind. Dies hat ganz stark mit unserem Selbstwertgefühl zu tun. Dazu kommen auch noch diejenigen, die aus lauter Verzweiflung lügen, weil eine Sache so verfahren und praktisch nicht mehr zu retten ist, und schlussendlich sind da die notorischen Lügner, die noch gar nie die Wahrheit gesagt haben. Für mich steht ganz klar fest, dass wir lernen müssen, zu unseren Fehlern zu stehen und stets die Wahrheit zu sagen. Denn eines ist sicher: Früher oder später kommt jede Lüge an den Tag, garantiert! Ebenfalls in dieses Kapitel gehören übrigens auch das Stehlen und das Unterschlagen von Geld sowie alle Formen von Betrügerei und übler Nachrede. Nun haben wir also unsere dunklen Seiten im Griff und damit auch schon viele Probleme gelöst. Aber weil wir ja Gott sei Dank nicht alleine auf diesem Planeten leben, gehört noch viel mehr dazu. Auch die Kommunikation spielt in unserem Leben eine zentrale Rolle. Dabei denke ich überhaupt nicht an technische Hilfsmittel wie Telefon, Fax oder Internet, sondern wie wir untereinander kommunizieren, Probleme diskutieren und sagen, was Sache ist. Schon oft habe ich festgestellt, dass man viel zu lange um den heissen Brei herumredet, anstatt Nägel mit Köpfen zu machen. Dabei spielt es überhaupt keine Rolle, ob dies in der eigenen Familie, in der Partnerschaft oder am Arbeitsplatz ist. Manchmal wäre es einfach viel schlauer, direkt und unverblümt zu sagen, was einen stört, anstatt jahrelang die Faust im Sack zu machen. Aber es ist wahnsinnig schwierig, in der heute ach so stressigen Zeit den richtigen Moment dafür zu finden. Und wichtig dabei ist, dass man das Gegenüber mit allem, was man sagt und kritisiert, nicht verletzt. Denn hier sind wir genau wieder beim Selbstwertgefühl des anderen angelangt und damit in seinem Innersten, und da muss man sehr vorsichtig sein. Und trotzdem muss das Anliegen auf der Gegenseite klar und deutlich ankommen, so dass keine Missverständnisse entstehen können. Um ganz ehrlich zu sein, das Ganze ist brutal schwierig und ich hab's mit meiner Art und Weise noch nie richtig perfekt hingekriegt. In solchen Momenten weiss ich dann auch, dass die Weisheitsregel, die besagt, dass, wenn man auf der Welt irgendetwas verändern will, man zuerst bei sich selbst anfangen soll, voll und ganz stimmt. Und dies gilt im übertragenen Sinn auch noch für viele andere Bereiche in unserem Leben. Aber es ist verdammt nicht einfach, sich oder sein Verhalten zu ändern. Wahrscheinlich ist es vor allem Bequemlichkeit, die dafür verantwortlich ist, dass dies so ist. Denn es gibt doch überhaupt nichts Einfacheres, als auf dem alten, abgetrampelten Pfad hin und her zu laufen und darüber zu fluchen, dass man jedes Mal um denselben Baum herumlaufen muss. Aber vielleicht würde es sich doch einmal lohnen, etwas zu verändern oder eben in diesem Fall einen anderen, neuen Weg einzuschlagen. Diese Veränderungen sind in der Regel gar nicht so schwierig anzugehen, denn oftmals wissen wir ja, was auf uns wartet, und können so die Tragweite unseres Handelns abschätzen. Doch da gibt es auch noch eine andere Art von Veränderung. Ich meine damit diese Veränderung, bei der wir nur indirekt oder auch gar nicht Einfluss nehmen können. Diese kann äusserst schmerzhaft sein und ist in der Regel nicht mehr rückgängig zu machen. Darunter fallen zum Beispiel der Tod eines lieben Angehörigen oder auch unser Klima. In diesen Momenten wird uns Menschen unmissverständlich vor Augen geführt, wie klein und machtlos wir doch alle sind. Das muss so sein, damit wir nicht plötzlich abheben. An dieser Stelle verfallen viele Leute in eine Art Selbstmitleid oder denken gar, dass es sich nicht mehr lohnt, für eine Sache zu kämpfen. Man kann dabei schon fast von einer Art depressivem Verhalten sprechen. Genau das erleben wir doch zurzeit mit unserem Klima und mit den damit verbundenen Energiespar- und Umweltschutzmassnahmen. Viele Leute in unserem Land fragen sich doch zu Recht, was das bringen soll, mit aller Kraft Energie zu sparen und umweltbewusst zu leben, wenn man dabei hört, was in der grossen, weiten Welt vor sich geht. Schauen wir uns doch einmal ein bisschen um. Im Westen sind die Amerikaner diejenigen mit dem höchsten Energieverbrauch pro Kopf. Dieses Land ist nicht in der Lage, den Energieverbrauch zu reduzieren, weil die ganze Wirtschaft davon abhängt. Im Klartext heisst das, der Energieverbrauch kann im besten Fall auf heutigem Stand gehalten werden, ansonsten droht den Amis eine Rezession. Im Osten sind die Russen und die Chinesen, welche jetzt erst im Anfangsstadium der wirtschaftlichen Expansion stehen. Das heisst im Klartext, der Energieverbrauch in diesen Ländern wird explodieren. Dazu kommen riesige Mengen an nuklearen Altlasten und sonstigen Abfällen. Eine weitere sehr bevölkerungsreiche Nation, die im Moment zum Wirtschaftswunder heranwächst, ist Indien. Auch in diesem Land ist es absehbar, dass der Energieverbrauch stark ansteigen wird. Und dazu kommt schlussendlich auch noch diese Tatsache, dass die Weltbevölkerung täglich um mehrere tausend Menschen zunimmt und auch diese Menschen Energie verbrauchen. Am anderen Ende der Fahnenstange ist dann immer auch noch die mit dem Energieverbrauch eng in Verbindung stehende CO_2-Problematik mit all ihren Nebengeräuschen. Fast täglich gibt es neue Studien von Klimaforschern an Universitäten, welche die Erderwärmung und deren Folgen auf Grund des weltweiten CO_2-Ausstosses berechnet haben wollen. Die Resultate und Voraussagen zeigen alle in dieselbe Richtung, könnten aber unterschiedlicher gar nicht sein. Auch daran kann man die grosse Unsicherheit erkennen, die im Moment auf unserem Planeten herrscht. Diese gewaltigen Probleme können jetzt halt nicht einfach so vom Tisch gewischt werden. Dafür sind sie zu weit reichend. Auch Klimakonferenzen, Kyoto-Protokolle und andere Alibiübungen kann man in diesem Moment vergessen, denn diese Politshows sind nur dazu da, um abzulenken und Zeit zu gewinnen. Man muss akzeptieren, dass es schlicht und einfach nicht möglich ist, etwas an der ganzen Sache zu ändern, solange solch gewaltige wirtschaftliche, sprich finanzielle Interessen vorhanden sind.

Die Menschheit wird sich auf alle Fälle diesen Veränderungen stellen müssen, ganz egal, wie stark sich die Erde auch erwärmen wird. Das Ganze kann aber auch eine Chance sein. Denn unter Umständen werden die Karten ja komplett neu gemischt. Was meine ich damit? In der Erdgeschichte hat es immer wieder verschiedene Phasenwechsel gegeben, bei denen Kontinente verschoben wurden oder bei denen Lebewesen ausgestorben sind. Es muss ja nicht ganz so weit kommen, aber man darf sich getrost mal mögliche Szenarien ausdenken, die zum Beispiel wie folgt aussehen könnten: Die Wüste wird durch den üppigen Regen plötzlich fruchtbar, und die angrenzenden Länder werden zu Wirtschaftsmetropolen. Oder: Über Amerika bricht eine Eiszeit herein, die den Nordteil dieses Landes unbewohnbar macht. Oder: Ich wandere mit meiner Familie doch nach Australien aus, weil es mir in der Schweiz zu heiss geworden ist, und verkaufe in meinem eigenen Geschäft Winterreifen und Frostschutzmittel. Oder, oder, oder? Aber egal, was passiert, Geld wird einen ganz anderen Stellenwert bekommen. Es wird immer noch da sein, aber es wird nicht ausreichen, um diese gewaltigen Veränderungen aufhalten zu können. Aber im Moment sind wir ja noch nicht so weit. Bei der ganzen Sache müssen wir aber auch höllisch aufpassen, dass wir die anderen Gefahren, die unseren Planeten bedrohen, nicht aus den Augen verlieren. Da ist zum Beispiel das Trinkwasser. Es ist erwiesen, dass bei wirtschaftlichen Höhenflügen, wie eben diesen in China oder Indien, der Umweltschutz auf der Strecke bleibt. Dabei trägt nicht nur unser Klima einen Schaden davon, nein, auch grosse Mengen Wasser werden dabei arg in Mitleidenschaft gezogen. Wasser, das die Grundlage von allem Leben auf dieser Erde ist. Das Schlimmste an der ganzen Sache ist jedoch, dass die Machenschaften dieser so genannten Schwellenländer von uns allen getragen und unterstützt werden. Und welches Antriebsmittel steht dabei wieder im Mittelpunkt? Das Geld natürlich. Unser ach so geliebtes Geld. Unser gesamtes Konsumverhalten, welches praktisch ausschliesslich nur vom Geld diktiert wird, trägt dabei die Hauptverantwortung. Dabei kommen mir auch die Banken und Investoren in den Sinn, die mit diesen »Schweinereien« gutes Geld verdienen. Und dies gleich im zweifachen Sinn. Auf der einen Seite wird direkt in solche Firmen investiert, die in diesen Ländern tätig sind, und auf der anderen Seite werden Finanzprodukte kreiert, die ausschliesslich den Zweck haben, mit der von diesen Firmen ausgehenden Umwelt-verschmutzung ebenfalls ein dickes Geschäft zu machen. In diesem Bereich ist der Finanzplatz Schweiz absolut führend, und ein grosser Teil unseres Wohlstandes entsteht durch solche Geschäfte. Das Schöne daran ist, dass das Ganze absolut legal erscheint und sich niemand darüber Gedanken machen muss, woher diese Gelder eigentlich stammen. Aber ich muss es halt trotzdem tun! Denn sind die investierten Gelder ehrliche Sparguthaben, ist eigentlich nichts dagegen einzuwenden, ausser dem moralischen Aspekt. Handelt es sich dabei aber um Gelder aus betrügerischen Machenschaften, aus Steuerhinterziehung oder gar aus Steuerflucht, muss das Ganze bereits als kriminell eingestuft werden. Dazu eine kleine Anmerkung, die an dieser Stelle erlaubt sein muss. Es ist erstaunlich, wie lange diese von Steuerflucht betroffenen Länder unseren Machenschaften zuschauen, ohne dabei irgendwelche Anstalten zu machen, Druck auf unser Land auszuüben und etwas dagegen zu unternehmen.

Stammen die investierten Gelder aber aus Handlungen, bei denen Menschen oder Tiere geistig oder körperlich zu Schaden gekommen sind, müsste auf brutale Art und Weise die Notbremse gezogen werden. Dabei denke ich nicht nur an hohe Geldstrafen, sondern auch an Freiheitsentzug für fehlbare Mitarbeiter solcher Geldinstitute. Auch kriegerische Handlungen und Terrorismus sind in der heutigen Zeit für uns Menschen eine nicht zu unterschätzende Bedrohung. Dabei steht allerdings nicht mehr unbedingt der bewaffnete Soldat einer fremdländischen Armee im Vordergrund. Nein, es sind Bedrohungen, die ein viel grösseres Zerstörungspotenzial in sich tragen. Ich denke dabei an biologische, oder aber auch an atomare Waffen. Wir müssen uns gar nichts vormachen, diese Art von Kriegsführung ist nicht irgendwie das Resultat von zu viel Fernsehen, nein, diese Bedrohungen sind real und können praktisch täglich zum Ernstfall werden. Dabei geht die wahrscheinlich grösste Gefahr von so genannten

Einzelkämpfern aus, die ein Land diktatorisch regieren und die in Momenten von Unbeherrschtheit solche Situationen auslösen können. Solche Gedanken machen mir angst, denn solche Diktatoren haben wir genug, und wer weiss, welche Art von Waffen in deren Arsenalen lagern.

Ich drehe mich im Bett unruhig hin und her und versuche krampfhaft, müde zu werden. Mir wird klar, dass ich das mit meinen jetzigen Gedanken im Kopf bestimmt nicht schaffen werde. Andere, bessere Gedanken müssen her. Aber welche Arten von Gedanken kommen da in Frage? Soll ich ans Essen denken? Soll ich an Ferien denken? Oder soll ich, ja genau, ich denke doch ganz einfach an meine beiden Jungs. Denn jedes Mal, wenn ich an die beiden denke, sieht die ganze Welt etwas farbiger aus und mein Herz schlägt höher. Dies muss damit zusammenhängen, dass sie offen und ehrlich sind und eine Lebensfreude ausstrahlen, die weit über derjenigen von mir und von vielen Erwachsenen in meinem Alter liegt. Dazu gehört auch das herzhafte Lachen und der Schalk in ihren Augen. Und dies, obwohl die Kinder heute in der Schule auch beinahe einen Acht-Stunden-Tag haben, mit vielen Kindern aus anderen Kulturen zusammentreffen und schon einem enormen Leistungsdruck ausgesetzt sind. Kurz gesagt, auch die Kinder sind heute schon ein Teil unserer Leistungsgesellschaft. Musikunterricht, Frühenglisch, Französisch ab der dritten Klasse und so weiter sind ganz klare Anzeichen dafür, dass man versucht, die Kinder schon in jungen Jahren auf Höchstleistung zu trimmen. Dabei kann es leicht passieren, dass die Kinder überfordert werden und genau in diesem Moment ihre Herzlichkeit und ihr soziales Denken anderen gegenüber verlieren. Dies sind dann die ersten von unserer Leistungsgesellschaft provozierten Machtkämpfe im Leben von diesen jungen Erwachsenen. Es ist mir absolut bewusst, dass ein Kind lernen muss, mit diesen Gefühlen umzugehen und Machtkämpfe auszutragen, aber dass dies in immer früherem Kindesalter passieren muss, kann ich nicht begreifen. Dazu kommt dann auch noch dieses Gefälle beim

Reichtum der Eltern, sprich das Tragen von Markenartikeln und vielem mehr, und schon kann es ganz leicht passieren, dass ein Kind zu einem Aussenseiter wird. Und schon haben wir unseren ersten, stillen »Sozialfall«. Damit dies unter allen Umständen vermieden werden kann, sollte man versuchen, die Anforderungen in den Schulen nicht mehr weiter hochzuschrauben und, wie dies in Australien der Fall ist, eine Schuluniform einführen. Dadurch würden nicht nur die Probleme mit dem Tragen von Markenartikeln aus der Welt geschafft, nein, es würde auch das Zusammengehörigkeitsgefühl gefördert werden. Zudem könnte man die schwarzen Schafe, die nach Schulschluss nicht sofort nach Hause gehen, relativ einfach ausfindig machen. Oder wie sagt der gewiefte Schweizer: Andere Länder, andere Sitten. Oder auch: Es ist nicht alles Alte schlecht, aber auch nicht alles Neue gut! Trotzdem bin ich heilfroh, dass unsere beiden Söhne in der Schule keine Schwierigkeiten haben und ihre Sache gut machen. Und trotzdem frage ich mich gelegentlich, wenn ich sie so beim Spielen beobachte, welches Erbe wir ihnen da hinterlassen und was diese jungen Menschen in Zukunft alles erwartet. Aber halt! Zuerst ist ja unsere Generation an der Reihe, dieses Flugzeug stabil in der Luft zu halten. Und eigentlich haben wir ja gar keine Zeit, daran zu denken, was nach uns kommt! Dies vor allem deshalb, weil die Herausforderungen an uns eigentlich schon brutal hoch sind. Denken wir nur mal an die Altersrenten unserer Väter und Mütter. Es ist doch ganz einfach nicht möglich, mit den heutigen Bedingungen, die auf dem Arbeitsmarkt herrschen, die Renten zu sichern. Dies einfach deshalb, weil die Lebenserwartung von uns Schweizern heute zehn Jahre höher ist als bei der Einführung des Rentenalters 65. Das heisst im Klartext, das Rentenalter muss um zehn Jahre nach oben korrigiert werden. Dazu kommt die ganze Problematik der billigen Arbeitskräfte aus dem Ausland, die ihre Sozialleistungen nicht in der Schweiz bezahlen, und schon ist doch das Debakel vorprogrammiert. Was heisst das konkret? Wir werden die Steuern erhöhen und neue Abgaben einführen müssen. Ich denke dabei vor allem an die Mehrwertsteuer, aber auch an Treibstoff-, Tabak- und Alkoholsteuern. Dabei muss aber immer die wirtschaftliche Konkurrenzfähigkeit mit dem Ausland und die sonst schon angeschlagene Kaufkraft von uns Konsumenten im Auge behalten werden. Aus diesem Grund werden wir nicht darum herumkommen, eine Zusatzsteuer für Gutbetuchte einzuführen und auf die dermassen beliebten Steuergeschenke für reiche Ausländer zu verzichten. Darunter fallen in meinen Augen auch Abgaben für unsere Infrastrukturbauten durch die Alpen. Weshalb ist die Durchfahrt durch den siebzehn Kilometer langen Gotthard-Strassentunnel eigentlich gratis? Kommen Sie mir jetzt nicht mit der Auobahnvignette, sonst schauen wir zusammen über den Gartenzaun nach Österreich oder Italien. Wir Schweizer müssen endlich damit aufhören, uns, aus welchen Gründen auch immer, unter unserem Wert zu verkaufen. In dieser Beziehung können wir übrigens sehr viel von unseren Banken lernen. Hier ist keine der Dienstleistungen gratis, und all diejenigen, welche Leistungen in Anspruch nehmen, müssen die anfallenden Kosten berappen. Solche Abgaben sind zwar anfänglich äusserst unpopulär, aber auf Dauer bestimmt der einzige ehrliche und deshalb auch richtige Weg. Schon oft wurde mir in solchen Situationen nachgesagt, dass ich zu pessimistisch sei und dass ich immer alles viel zu negativ sehe. Aber ich kann doch eins und eins zusammenzählen und bin doch dazu auch noch ein Mensch, der nicht in einer Traumwelt lebt. Es spielt doch überhaupt keine Rolle, ob dies im Privatbereich, im Vereinsleben oder im Geschäft ist. Die Ausgabenseite und die Einnahmenseite jeder Bilanz müssen am Ende des Jahres ausgeglichen sein. Wenn dies nicht so ist, hat man entweder einen Gewinn oder aber einen Verlust gemacht. Und weil man ja oft zu stolz dafür ist, zuzugeben, dass etwas nicht ganz rund gelaufen ist, kann man diese Bilanzen mit leichten Eingriffen ein wenig anpassen. Dies ist gar kein Problem und wird auch oft so gemacht. Aber irgendwann beisst sich dabei die Katze in den Schwanz, denn in der realen

Welt können diese Anpassungen ja nicht ohne Weiteres einfach so bewerkstelligt werden. Und dann am Tag X kommt das grosse Erwachen, bei dem sich alle die Augen reiben und fragen:»Wo ist das liebe Geld geblieben?«, und weiter:»Die Bilanz hat doch immer so schön ausgeschaut!« In diesem Moment ist der Zug schon abgefahren. Und genau davor habe ich einfach einen höllischen Respekt. Hat das jetzt irgendetwas mit Pessimismus zu tun? Ich glaube nicht. Eher ist es eine Frage der Vernunft und der Art, wie man im Elternhaus erzogen worden ist. Da haben meine Eltern bei mir, so glaube ich jedenfalls, ganze Arbeit geleistet. Nun liegt es aber in den Händen von uns Erwachsenen, unseren Kindern ebenfalls diese gesunde finanzielle Grundhaltung weiterzugeben. Dies ist manchmal absolut schwierig, aber unsere Kinder werden darüber in ein paar Jahren bestimmt dankbar sein. Ich bin auch felsenfest davon überzeugt, dass es an der Zeit ist, die Lehrpläne an den Schulen zu überdenken und anzupassen. Denn wenn man heutzutage die Leute auf der Strasse nach den beiden wichtigsten Dingen im Leben fragt, hört man in über neunzig Prozent aller Fälle die beiden Wörter Gesundheit und Geld. Dabei fällt mir auf, wie wenig doch davon an unseren Schulen unterrichtet wird. Beim Thema Gesundheit ist es nicht einfach mit einem gesunden Znüni und zweimal wöchentlichem Turnunterricht getan. Hier müssen die Kinder schon früh an die Grundlagen von gesunder Ernährung und von ausreichender körperlicher Bewegung herangeführt werden. Dabei sind vor allem die Mechanismen zu erlernen, die einen langfristigen Erfolg garantieren. Und wie sieht das Ganze beim Geld aus? Hier ist es doch ganz genau dasselbe. Man muss den jungen Leuten beibringen, wie Geld funktioniert und arbeitet, aber auch, welche Chancen und Risken im Umgang mit Wertpapieren und anderen Anlagen entstehen können. Diese Erkenntnisse sind äusserst wichtig für einen erfolgreichen Umgang, mit einer der wichtigsten Sachen in unserem Leben überhaupt. Im Moment sieht es in dieser Beziehung jedoch eher düster aus, und die Schulabgänger wissen in dieser Hinsicht nach neun Jahren Schulunterricht praktisch nichts. Das Ganze soll übrigens auch nicht als Vorwurf an unsere Lehrkräfte verstanden werden, aber hier wäre bestimmt ein Handlungsbedarf vorhanden. Ich bin mir der Problematik der dicht gedrängten Stundenpläne absolut bewusst, aber für solch wichtige Themen muss man sich einfach Zeit einräumen. In solchen Momenten denke ich auch ab und zu an den schulfreien Samstag, den man vor ein paar Jahren, aus welchen Gründen auch immer, eingeführt hat. Endlich kann man genügend lange ausschlafen, damit man nachher auch bestimmt genug Energie und Kraft hat, den Rest des Tages vor dem Fernseher oder im Einkaufszentrum zu verbringen. Ironie!? Auf gar keinen Fall. Welch alternative Möglichkeiten hat denn ein junger Mensch noch, um seine Freizeit sinnvoll zu verbringen? Auf den Sportplätzen in der Umgebung sind Verbotsschilder aller Art aufgestellt, welche die Benutzung dieser Anlagen strafbar machen. Der Schulhausplatz darf ausserhalb der Schulzeit auch nicht betreten werden, da dies zu Lärmbelästigungen der Anwohner führen könnte. Auf der Strasse zu spielen, wie wir das früher gerne gemacht haben, ist bei diesem Verkehr lebensgefährlich. Im Wald eine Holzhütte bauen? Auf gar keinen Fall, denn der Wald gilt heute als Naherholungsgebiet und ist kein Spielplatz. Es ist aber auch nicht für alle Eltern erschwinglich, einen eigenen Garten ihr Eigen zu nennen, geschweige denn, jedes Wochenende an einen See zu fahren. Immer noch Ironie? Nein, wir alle haben in dieser Beziehung ein riesiges Problem! Vielen Leuten in unserer Gesellschaft ist es scheinbar wirklich egal, was mit den jungen Menschen passiert, ob sie eine Lehrstelle finden oder ob ihnen geholfen wird, wenn sie Schwierigkeiten in irgendeinem Lebensbereich haben. Und plötzlich helfen sich die Jungen selber. Sei es durch Diebstähle, die durch Geld- oder Geltungsdefizite hervorgerufen werden, sei es durch Schlägereien, um die vorhandene Energie abbauen zu können, oder sei es durch Flucht in Drogen oder andere Suchtmittel, um die Umwelt überhaupt noch ertragen zu können. Dies ist oftmals knallharte Realität, und davor dürfen wir unsere Augen nicht verschliessen. Daran können wir nämlich erkennen, wie es um unsere Gesellschaft bestellt ist.

Es braucht Persönlichkeiten und Programme, die nicht gratis sind, um diesen Leuten wieder einen Sinn im Leben zu geben und um ihnen zu zeigen, dass sie gebraucht werden. Ich kenne junge Menschen, die in die Drogenszene abgerutscht sind und mit denen man verschiedene Entzugstherapien und Behandlungen durchgeführt hat. Alles umsonst. Dann hat man diese Süchtigen, mit ihrer Zustimmung natürlich, nach Indien gebracht, wo jeder von ihnen die Aufgabe erhalten hat, für fünf Waisenkinder verantwortlich zu sein. Die Erfolgsquote von dieser Art Entzug ist gewaltig und zeigt auf, dass Verantwortung übernehmen zu müssen Berge versetzen kann. Weshalb drücken wir uns dann vor unserer Verantwortung? Ich glaube fest daran, dass wir Schweizerinnen und Schweizer dies nicht absichtlich tun. Dafür sind wir viel zu anständig. Was ist es dann? Es muss damit zusammenhängen, dass wir auf einen Punkt zusteuern, an dem wir langsam, aber sicher die Kontrolle über unser Schiff verlieren. Wir befinden uns nämlich in seichtem Gewässer, in dem man höllisch aufpassen muss, dass das Schiff nicht auf Grund läuft. An Bord herrscht Chaos. Der Steuermann und der Maschinist sprechen nicht mehr miteinander und der Kapitän liegt mit Fieber im Bett. Beim Mittagessen will jeder Matrose das grösste Stück Fleisch, aber keiner ist bereit, den Boden zu schruppen. Wir werden von einem Piratenschiff verfolgt, und vor uns zieht ein dunkles Gewitter auf. Aussichtslos? Nein, noch nicht! Wenn jeder auf unserem Schiff sein Bestes gibt, schaffen wir es vielleicht, mit einem blauen Auge davonzukommen. Das heisst im Klartext, der kranke Kapitän muss seine Koje verlassen, die beiden Techniker müssen das Optimum aus dem Schiff herausholen, Fleisch essen kommt im Moment nicht in Frage, und die Fahrtrichtung muss geändert werden. Eigentlich logisch, oder? Wir Eidgenossen müssen in den kommenden Jahren ganz einfach zusammenstehen, unsere Hausaufgaben machen und den Gürtel etwas enger schnallen. Durch das Zusammenstehen werden wir stark und nahezu unbesiegbar. Dies kann ohne Probleme in guten Geschichtsbüchern nachgelesen werden. Dadurch, dass wir unsere Hausaufgaben machen, bleibt unser Land sehens- und lebenswert. Dies kann ohne Probleme in guten Reiseführern nachgelesen werden. Und dadurch, dass wir den Gürtel enger schnallen, bleiben wir sportlich-dynamisch und können so den kommenden Wettkämpfen getrost in die Augen schauen. Dies kann ohne Probleme in guten Fitnessbüchern nachgelesen werden. Wir müssen der grossen weiten Welt endlich wieder einmal zeigen, dass wir immer noch fähig sind, Spitzenleistungen zu erbringen. Ob dies nun im Tourismusbereich, in der Forschung und Entwicklung oder in der Herstellung von Hightech-Produkten ist, spielt dabei überhaupt keine Rolle. Aber die anderen Erdenbürger müssen wissen, wen sie da eigentlich vor sich haben. Eine solche Flucht nach vorne hinterlässt in der Regel einen bleibenden Eindruck über Jahre, und so gesehen, ist dies eine Art Investition in die Zukunft. Die nächste Generation wird es uns danken.

Jetzt wäre ich doch um Haaresbreite in die Jagdgründe eingetaucht und eingeschlafen. Doch es hat nicht sollen sein. Unser Nachbar, der übrigens den gleichen Vornamen hat wie ich, kommt nach Hause. Er trampelt die Holztreppe hoch, die zu seiner Wohnung führt, und pfeift dabei auch noch seiner dämlichen vierbeinigen Katze. Energisch öffnet er die Eingangstüre, um sie kurz darauf, nachdem er die Wohnung betreten hat, wieder hinter sich zuzuschmettern. Ich stehe fast in meinem Bett und weiss in diesem Moment, dass dieser Mensch keine Gnade kennt, auch nicht morgens um halb drei Uhr. Wahrscheinlich ist ihm etwas über die Leber gekrochen. Ich würde so etwas, um diese Zeit, nur schon aus lauter Rücksicht auf andere Mitmenschen nicht machen. Aber er muss sich scheinbar abregen. Es tut nämlich gut, sich bei Problemen auf irgendeine Art und Weise Luft zu verschaffen. Der Ärger muss einfach irgendwie raus, sonst läuft man Gefahr, einen gesundheitlichen Schaden davonzutragen. Bei mir ist es in solchen Momenten so, dass ich laut und sehr direkt werde. Oftmals wäre es aber viel schlauer, dreimal tief durchzuatmen und erst dann zu sagen, was Sache ist. Dies ist viel produktiver, und manchmal staunt man, was dabei alles herauskommen kann. Da hatte ich zum Beispiel während der Garantiezeit Probleme mit meiner Digitalkamera. Die Kamera wurde eingeschickt und gratis repariert. Zwei Monate später, kurz nach Ablauf der Garantiezeit, ist dann der gleiche Fehler wieder aufgetreten. Jetzt hat man mir mitgeteilt, dass die Reparatur kostenpflichtig ist. Jetzt war es an der Zeit, mir Luft zu verschaffen. Ich habe dreimal tief durchgeatmet und die Kamera, samt Ladegerät, Verbindungskabeln, Gebrauchsanweisungen und Korrespondenzschreiben, in die Originalschachtel verpackt. Hinzugelegt habe ich einen von Hand geschriebenen Zettel, auf dem ich klar, jedoch ohne irgendwelche Forderungen und Drohungen vermerkt habe, dass ich nicht mehr gewillt bin, diese Kamera weiterhin mein Eigen zu nennen. Mit normaler Post habe ich dem Hersteller dieses Paket zukommen lassen. Zwei Wochen später, ich hatte mich wieder abgeregt und die ganze Angelegenheit schon beinahe vergessen, habe ich vom Hersteller gratis eine neue Kamera zugeschickt bekommen. Dieses Beispiel zeigt deutlich, dass es sich in den meisten Fällen lohnt, seinem Ärger Luft zu machen. Wichtig dabei ist einfach, dass man anständig und sachlich bleibt. Ich nenne dies auch konstruktive Kritik. Diese braucht es, um Schwächen aufzuzeigen, damit Konsequenzen gezogen werden können. Dabei spielt es überhaupt keine Rolle, ob dies nun im privaten oder geschäftlichen Bereich ist oder ob es sich bei den Anliegen um Produkte, Dienstleistungen oder um Recht und Ordnung handelt. Also versuchen wir es doch! Lassen wir Kritik, wenn sie auch manchmal nicht so angenehm ist, wieder an uns herankommen und lernen wir daraus. Nur so können wir alle von Tag zu Tag ein bisschen besser werden und, wenn wir Glück haben, mit uns die ganze Welt dazu.

Wahrheiten

Ich spüre eine wohlige Wärme am ganzen Körper und einen ganz leichten Luftzug an meiner Nase. Ich bin völlig entspannt und auf dem besten Weg dazu, nun endlich einschlafen zu können. Jetzt, genau in diesem Moment, wo sich dieses Gefühl zu festigen beginnt, höre ich dieses »Klick« meines Mobiltelefons, das mir anzeigt, dass eine SMS angekommen ist. Was kann das bedeuten? Wer verschickt denn zu dieser späten Stunde noch Kurzmitteilungen? Ich verlasse mein warmes »Nest« und gehe zur Ablage vor dem Schlafzimmer, auf der mein Handy liegt. Ich drücke drei Tasten und bemerke sofort, dass es meine australischen Freunde sind. Ja klar, in Brisbane ist jetzt elf Uhr morgens. »Hallo, Roland«, steht auf der Anzeige, »wann kommst Du jetzt endlich zu uns nach Australien?« Ich spüre sofort eine Aufgewühltheit in mir, die ihresgleichen sucht. Dabei drehen sich meine Gedanken um die Familie, den Job, die Finanzen und das weitere Vorgehen. Sie fragen sich jetzt bestimmt, warum dieser Typ so aufgewühlt ist, wenn er zehnmal am Tag an Australien denkt und dabei sogar mit dem Gedanken spielt, vielleicht einmal dorthin auszuwandern. Sie haben ja so recht! Aber es gibt da eine Kleinigkeit, die bis heute mein ganz grosses Geheimnis geblieben ist. Ich habe seit einiger Zeit eine Aufenthaltsbewilligung, die mir erlaubt, mich in Australien niederzulassen. Damit bin ich meinem Traum ein ganz grosses Stück näher gekommen. Ich bin mir aber auch bewusst, was das bedeutet. Denn noch nie in meinem ganzen Leben hatte ein Schritt von mir solch gewaltige Dimensionen. Hinzu kommt auch noch, dass ich diesen Weg in Australien am Anfang alleine unter die Füsse nehmen werde, weil die Familienstrukturen zurzeit gar nichts anderes zulassen. Ich werde meine Reise in Melbourne beginnen und nicht, wie Sie jetzt vielleicht denken, in Brisbane. Das Klima in Brisbane ist für mich nämlich während etwa vier Monaten im Jahr unerträglich. Dies ist die Zeit um Weihnachten herum bis etwa Ende Februar. In dieser Zeit klettert das Thermometer in Richtung Vierzig-Grad-Markierung, und die Luftfeuchtigkeit beträgt dabei rund neunzig Prozent. Es herrschen absolut tropische Verhältnisse. Während unserer Ferien waren solche Verhältnisse natürlich himmlisch. Man hat sich damals einfach im klimatisierten Wohnzimmer, am Swimming-pool oder beim Gartengrill mit einem kühlen »XXXX« in der Hand aufgehalten. Dieses so genannte »Four X« ist ein wirklich feines australisches Bier, von welchem »Mann« fast nicht genug bekommen kann. Wir mussten damals fast täglich zum Getränkehändler fahren, um unsere Reserven nicht auf einen kritisch tiefen Stand absinken zu lassen. Das war eine ganz spezielle Zeit. Aber die Zeiten ändern sich ja bekanntlich. Ich werde in Australien arbeiten, um meinen Lebensunterhalt zu verdienen und um meinen Verpflichtungen nachzukommen. Dabei muss für mich das Klima im Betrieb, aber auch das Klima vom Wetter her gesehen stimmen. Ich freue mich riesig darauf, in anderen Kulturen arbeiten zu können, und hoffe, dass ich dabei glücklich und erfolgreich sein werde. Das Ganze hat aber auch Schattenseiten. Anfänglich bin ich bestimmt viel alleine und werde all meine liebsten Menschen bis zum nächsten Wiedersehen entbehren müssen. Dies wird für mich, gerade weil ich ein Familienmensch bin, die schwerste Prüfung werden. Hinzu kommt auch, dass ich das elterliche Geschäft, mit all den Mitarbeitern, Freunden, Kunden sowie den vielen guten Geschäftsbeziehungen, hinter mir lassen muss. Auf der anderen Seite entstehen dafür ganz andere Möglichkeiten. Die Geschäftsnachfolge wird mit meinem Weggang geregelt sein, und mein Bruder kann das Geschäft führen, wie er es für richtig hält. Ein anderer Berufsmann erhält die Chance, meinen Arbeitsplatz und damit auch diesen interessanten Job übernehmen zu können. Solche

Veränderungen sind für jede Firma eine Herausforderung, die durchaus auch viel Gutes bewirken kann. Es muss sich an dieser Stelle auch niemand Sorgen über irgendetwas machen, denn es wird für alle Beteiligten eine schöne Erfahrung sein. Schon oft haben mich Leute darauf angesprochen, was in mir eigentlich vorgeht und was ich mit meinem Tun bezwecken will. Ich weiss es nicht. Es passiert einfach. Und ich bin bei vollem Bewusstsein. Ein grosses Problem für viele Leute ist der Zeitraum, in dem so etwas vor sich gehen kann. Da war ich vor zwei Jahren noch der erfolgreiche Geschäftsmann, mit einer lieben Frau und zwei herzigen Kindern. Meine Eltern waren stolz auf mich, und niemand konnte etwas Falsches an der ganzen Sache erkennen. Ich hatte viele Freunde und Kollegen, die von mir genau das bekommen haben, was sie verdient, verlangt oder erwartet haben. Und heute? Vieles scheint wie weggeblasen, obwohl es immer noch existiert. Ich habe viele Sachen ohne böse Absicht einfach losgelassen, bin aber in meinem Innersten immer noch genau derselbe Mensch geblieben. Auch meine Gefühle und mein Charakter sind mir geblieben. Ich habe mich nur auf einen anderen Weg begeben, und zwar auf einen Weg, den jemand anderes für mich ausgewählt hat. Auch der dabei entstandene Schmerz und die gemachten Erfahrungen haben eine Bedeutung, die im Moment einfach noch nicht erkennbar ist. Ich muss es an dieser Stelle Ihnen überlassen, ob Sie gut oder schlecht über mich denken, ob Sie mich verurteilen wollen oder nicht und ob Sie mich so akzeptieren können, wie ich heute bin. Ganz egal, was dabei auch herauskommen mag, ich versuche auf jeden Fall, Sie so zu akzeptieren, wie Sie sind.

Das Wichtigste für mich ist auch heute noch, dass ich jeden Tag ohne schlechtes Gewissen in den Spiegel schauen kann und dabei weiss, dass ich diesem Menschen, den ich da sehe, vertrauen kann.

Auch in Australien werde ich nicht darum herumkommen, den Menschen zu vertrauen und mich bei anstehenden Entscheidungen von meinem Gefühl leiten zu lassen. Dieses Vorgehen hat sich bisher in meinem Leben bestens bewährt. Sollte dies jedoch einmal nicht der Fall sein, kann ich ja immer noch auf meinen Verstand zurückgreifen. Vor allem in beruflicher Hinsicht werde ich meinen Verstand zu Rate ziehen müssen, denn als geborener Wassermann, und damit meine ich mein Sternzeichen, tendiere ich des Öfteren dazu, mich für ein Vorhaben total begeistern zu lassen, um dann kurze Zeit später zu merken, dass dies ja gar nicht mein Ding ist. Dabei hätte es anfänglich bestimmt Anzeichen dafür gegeben, die ich aber aus lauter Begeisterung völlig ausser Acht gelassen habe. Aber so bin ich nun einmal und basta! Apropos Pasta: Meine Leibspeise sind Teigwaren. Ich liebe Teigwaren über alles. Dabei stehen die »Teigwarenmuscheln Rosemary« an oberster Stelle. Gibt es dazu auch noch ein gutes Glas Rotwein, wird mir bewusst, dass gutes Essen und Trinken schöner sein können als guter Sex. Wieso ich Ihnen das erzähle? Aus Südaustralien kommen einige der besten Weine der Welt. Der Wein ist also schon mal kein Problem. Dazu kann ich ja diese feinen Teigwaren kochen. Dann brauche ich nur noch ein gemütliches Lokal zu mieten und fertig ist die Geschäftsidee für Australien, oder? Ich kann mich aber auch bei einem dieser riesigen Weingüter melden und als Installatör die technischen Anlagen in Stand halten. Ich neige im Moment stark dazu, Zukunftspläne zu schmieden und mir meinen Weg in Australien auszumalen. Doch genau das ist sehr gefährlich, weil es meistens ganz anders kommt, als man denkt. Und eines dürfen Sie mir glauben, ich weiss genau, von was ich hier spreche! Deshalb werde ich irgendwann einmal meine sieben Sachen einpacken, mich in ein Flugzeug setzen und schauen, was das Leben für mich da drüben so alles bereithält. Doch vorerst gibt es noch eine ganze Menge Arbeit. Aber die kann warten bis morgen früh, denn jetzt will ich endlich schlafen. Mit einem Satz hüpfe ich zurück ins Bett und ziehe mir mit einem Ruck die Decke über den Kopf. Dabei reisst es mir beinahe mein linkes Ohr weg. Was ist denn jetzt passiert? Die Bettdecke ist an meinem Ohrstecker hängen geblieben und das tut jetzt gerade richtig weh. Der Schmerz erinnert mich an meine Kindheit, als mich meine Mutter ab und zu an den Ohren gezogen hat, wenn ich unartig war oder wieder einmal Mist gebaut habe. Dies waren die ersten Momente in meinem Leben, wo ich mir gewünscht habe, weit weg von zuhause zu sein. Dabei habe ich aber bestimmt nicht an Australien gedacht. Oder etwa doch? Mein Onkel war damals nämlich gerade aus Melbourne zurückgekehrt und hat als Reiseandenken ein Känguru-Fell mit nach Hause gebracht. Dieses Fell hat mein Grosi in ihrem Wohnzimmer aufgehängt. Jedes Mal, wenn wir sie besucht haben, konnte ich es nicht unterlassen, mit meinen Händen dieses Fell zu streicheln. Dabei habe ich mir oft ein Bild dieses fernen Landes gemacht und mich gefragt, wie es da wohl aussehen mag. Ich bin fest davon überzeugt, dass auch dieses Fell irgendwie eine kleine Rolle in meinem Leben gespielt hat. Heute, beinahe vierzig Jahre später, sind dies alles Erinnerungen. Erinnerungen an Menschen, an Momente, an Situationen und an meine Kindheit. All diese wunderbaren Erinnerungen leben in mir weiter, und ich bin sehr glücklich und dankbar, dass ich sie haben darf. Dann, in Nächten wie dieser, wo ich manchmal nicht schlafen kann, laufen ganze Filme aus diesen Zeiten vor meinen Augen ab, und ich erkenne dabei jede Kleinigkeit. Dies kann so weit führen, dass ich herzhaft lachen muss, wenn jemandem ein Missgeschick oder sonst etwas Lustiges passiert. Es kann aber auch das Gegenteil der Fall sein, wenn etwas Trauriges passiert. Aber in unserer Familiengeschichte hat es Gott sei Dank viel mehr Positives als Negatives gegeben. Wie Sie sicher bemerkt haben, liebe ich es, an vergangene Zeiten zu denken und in Erinnerungen zu schwelgen. Dabei weiss ich aber ganz genau, dass die Gegenwart das Einzige ist, was wirklich zählt. Hier passiert das Leben, hier wird Geschichte geschrieben. Und wir alle gehören zum Inhalt zukünftiger Geschichtsbücher. Bücher allgemein haben es mir angetan und sind für mich etwas Wunderbares. Ich kann stundenlang, ach Quatsch, tagelang in Buchläden herumstöbern und dabei die Zeit voll und ganz vergessen. Ob es sich dabei um

Bücher über ferne Länder und Kulturen, über Wirtschaft, über Sprachen oder um Sachbücher handelt, spielt dabei überhaupt keine Rolle. Ich habe mir auch schon Gedanken darüber gemacht, ein eigenes Buch zu schreiben. Doch dieses Vorhaben habe ich bis heute immer wieder beiseite gelegt. Irgendwie kann ich mir gar nicht richtig vorstellen, wie so ein Buch, welches von mir stammt, aussehen würde. Dies vor allem deshalb, weil ich ja eigentlich ausser meinem Beruf und unserem Geschäft gar keine anderen grossartigen Hobbies habe. Und ein Buch über den Beruf oder das eigene Geschäft zu schreiben, ist irgendwie gar nicht lustig. Aber müsste denn dieses Buch überhaupt lustig sein? Dürfte es nicht einfach aus dem Leben gegriffen, vielleicht auch ein bisschen zeitkritisch und wahr sein? Ich weiss es wirklich nicht. Mein Vater und mein Bruder hätten da ganz bestimmt weniger Probleme, ein geeignetes Thema für ein Buch zu finden. Das Buch meines Vaters könnte zum Beispiel den Titel »Mein Dackel und ich« tragen. In diesem Buch könnten alle Episoden aus den letzten Jahrzehnten erzählt werden, in denen mein Vater zusammen mit seinem treuesten Begleiter »auf Achse« war. Sie glauben gar nicht, was alles passieren kann, wenn ein älterer Mann mit Sternzeichen Skorpion auf einen sturen Dackel trifft. Einfach köstlich! Das Buch meines Bruders würde sich ganz bestimmt ums Ballonfahren drehen. Dieses Hobby ist sehr speziell, denn jede Fahrt ist wieder anders. Hinzu kommt die Herausforderung, den Naturgewalten ausgesetzt zu sein und immer wieder das Beste aus jeder Situation machen zu müssen. Ansonsten kann es durchaus passieren, dass man in eine ernste und vielleicht auch gefährliche Situation geraten kann. Die eindrücklichste Fahrt, bei der ich einmal mit von der Partie sein durfte, war bei Vollmond in einer sternenklaren Nacht. Das Spiel von Licht und Schatten, gepaart mit den endlosen Weiten der Nacht, war wirklich himmlisch. Man konnte aus dem Ballonkorb auch die am weitesten entfernten Lichter erkennen, und einmal hatte ich sogar den Eindruck, bis hinüber nach Australien gesehen zu haben. Die Steigerung dieses Hobbies ist die Raumfahrt. Hier kann man aus wirklich grosser Distanz die Schönheit unserer Mutter Erde bewundern und begegnet vielleicht sogar einem Engel.

Reparaturen

Erinnern Sie sich noch? Ganz am Anfang haben wir doch von diesem grossen Leitungssystem gesprochen, das an vielen Stellen undicht ist. Nun müssen wir dieses System reparieren. Es gibt drei Möglichkeiten, wie dies gemacht werden kann. Die einfachste Reparatur ist diejenige, die ich alleine durchführen kann. Dabei heisst die Devise:»Kleiner Aufwand, grosse Wirkung.« In diese Kategorie gehört zum Beispiel unser Auto. Es versteht sich ja von selbst, dass ein Auto möglichst sparsam sein soll und dass es von zentraler Bedeutung ist, wie wir damit umherfahren und wie wir es in unserem Alltag einsetzen. Dabei ist es selbstverständlich auch nicht verboten, das Auto ab und zu einmal zuhause stehen zu lassen und kürzere Distanzen zu Fuss zurückzulegen. Doch auch im Energiesektor können wir Reparaturen ausführen, die unheimlich viel bringen. Ich denke da an Energiesparlampen oder auch an Heizkörperthermostate. Diese Investitionen sind bares Geld wert und sparen Ressourcen. Oftmals spielt an dieser Stelle unsere Selbstverantwortung eine riesige Rolle. Wir alle müssen die Augen offen halten und versuchen, jeden Tag unser Möglichstes zu tun, um unsere Umwelt zu schützen. Dazu gehört auch, auf unsere Mitmenschen zu achten und den Mut zu haben, bei Verfehlungen einzuschreiten. Dasselbe gilt übrigens auch bei Verstössen gegen Menschen- oder Tierrechte. Das Schöne an dieser Reparaturform ist, dass wir alle selber entscheiden können, wie weit wir gehen wollen. Es gibt aber auch bedeutend grössere Reparaturen, die wir nicht mehr selber ausführen können. Dies sind diejenigen Reparaturen, bei welchen alle Beteiligten zusammen am gleichen Strick ziehen müssen, damit sich überhaupt etwas bewegt. Zurück zum Auto. Wenn alle Autofahrer nur noch Autos kaufen würden, die weniger als sechs Liter Benzin auf einhundert Kilometer verbrauchen, wäre die Automobilindustrie gezwungen, viel schneller umzudenken und verbrauchsgünstigere Autos zu entwickeln. Dasselbe gilt übrigens auch für Kühlschränke, Waschmaschinen und alle anderen Geräte des täglichen Lebens. Dabei dürfte das energieeffizienteste Gerät, mit gleicher Ausstattung versteht sich, nicht mehr kosten als das schlechteste in dieser Warengruppe. Dies müsste über Strafgebühren, auf eben solche Energieschleudern, reguliert werden. Das ist notwendig, damit sich auch weniger gut betuchte Personen gute Geräte leisten können. Aber auch an ganz anderen Orten muss der Hebel angesetzt werden. Es darf nicht sein, dass Leute in unserem reichen Land mit dem Existenzminimum oder noch weniger leben müssen. Auch hier sind Reparaturen dringend nötig. Eine mögliche Lösung könnte so aussehen: Es muss ein durchschnittliches Einkommen berechnet werden, das für einen normalen Lebensstandard notwendig ist. Darunter fallen für mich: gesundes Essen und Trinken in genügender Menge, eine angemessene Wohnung, Recht auf Gesundheit und Bildung, aber auch Ferien- und Sackgeld. Ist nun mein Einkommen höher als dieses Errechnete, ändert sich für mich nichts. Ist mein Einkommen aber zum Beispiel zehn Prozent tiefer als das Errechnete, hätte ich bei jedem Einkauf ein Anrecht auf zehn Prozent Rabatt. Der Finanzausgleich müsste über höhere Steuern bei den Reichen und durch Anpassungen bei den Geldzahlungen, welche ins Ausland geleistet werden, erfolgen. Was meine ich damit? Alle Zahlungen, die aus der Schweiz an Rentner oder andere berechtigte Empfänger im Ausland überwiesen werden, müssen der Kaufkraft des jeweiligen Landes angepasst werden. Dadurch wird verhindert, dass gleich mehrere Familien im Ausland von nur einer ausbezahlten Kinderzulage leben können oder dass ein Rentner mit seiner Pension im Ausland zum König hochsteigen kann. Das Ganze hat überhaupt nichts mit Neid zu tun, sondern einfach nur mit Solidarität den Ärmsten in unserem Land gegenüber. In den genau gleichen Korb fallen übrigens auch diese so genannten Sozialschmarotzer, die ganz einfach zu faul zum Arbeiten sind. Auch hier braucht es die Hilfe und den Mut von uns allen, damit diese Undichtheiten an den Tag kommen und repariert werden können. Nun gibt es aber auch noch die ganz grossen Fälle, bei denen eine Reparatur aufgrund des Schadenausmasses nicht mehr in Frage kommt. Da müssen ganze Anlageteile ersetzt werden. Ich denke dabei zum Beispiel an unsere Kernkraftwerke. Wir werden nicht darum herumkommen, neue Kernkraftwerke zu bauen, denn sonst kann es leicht passieren, dass wir plötzlich einmal im Dunkeln sitzen werden. Sind wir doch einmal ehrlich mit uns selber. Wir sind schon heute darauf angewiesen, in Spitzenzeiten Strom aus dem Ausland zu importieren. Und woher stammt dieser Strom? Ebenfalls aus baufälligen Kernkraftwerken oder aus Gas- und Kohlekraftwerken, die beim Erzeugen eben dieses Stroms grosse Mengen an CO_2 und anderen Umweltgiften freisetzen. Dies kann doch wirklich nicht unser Ernst sein. Wir müssen endlich unsere Verantwortung wahrnehmen und uns mit den anstehenden Energieproblemen beschäftigen. Aber nicht erst dann, wenn es schon zu spät ist. Auch in unseren Beziehungen zur Europäischen Union wird es Erneuerungen geben, denn ich bin sicher, dass der Druck auf unser Land extrem zunehmen wird. Dies vor allem in den Bereichen, wo es um Geld und Wohlstand geht. Dabei müssen wir uns einfach bewusst sein, dass wir ohne unsere ausländischen Freunde keine Überlebenschance haben. Dies nur schon aus dem Grund, weil unser Land wie eine Insel mitten in Europa liegt und wir keinen Zugang zum Meer haben. Auch in Sachen Nahrungsmittel oder bei den Bodenschätzen sitzen wir eindeutig am kürzeren Hebel. Das ist nun mal so, und das wird auch so bleiben. Trotzdem wird es in unserem Land immer wieder Politiker geben, die diese Tatsachen nicht wahrhaben wollen und die versuchen werden, uns vom Gegenteil zu überzeugen. Doch mit denjenigen Menschen müssen wir genau gleich vorgehen, wie man dies eben tut, wenn Leitungsteile nicht mehr zu reparieren sind. Man muss sie ersetzen! Ich hoffe, dass wir die anstehenden Reparaturen fachmännisch erledigen können, damit am Ende nicht nur ein billiges Flickwerk übrig bleibt. Dabei müssen wir alle unser Bestes geben, und dies ist nur möglich, wenn wir ausgeschlafen und hellwach sind. Doch das ist bei mir heute bestimmt nicht der Fall, denn noch immer habe ich kein Auge zugetan. Und nun ist es scheinbar zu spät, denn durch das einen Spalt weit geöffnete Schlafzimmerfenster nehme ich wieder dieses vertraute Geräusch aus der Nachbarschaft wahr, das mich jeden Morgen beim Aufwachen begleitet …